KB152626

그는 당신에게 반하지 않았다

He's Just Not That Into You
by Greg Behrendt and Liz Tuccillo

Published by arrangement with Simon Spotlight Entertainment,
an imprint of Simon & Schuster Children's Publishing Division through KCC.

〈섹스앤더시티〉 작가가 직접 쓴 연애의 기술

그렉 버렌트 & 리즈 투칠로 지음 | 공경희 옮김

해냄

들어가는 말— ♀ Liz

이제는 냉정하게 판단할 때다

그날도 다른 날과 똑같이 이야기가 시작됐다. 〈섹스앤더시티〉의 작가실에 모여 수다를 떨면서 아이디어를 모아 대본 작업을 할 때면 늘 그렇듯, 그날 역시 작가 개개인의 연애담이 줄거리에 끼어들었다. 어느 여자 스텝이 자신이 좋아하는 남자의 행동에 대해 말하면서 조언을 구했다. 남자의 태도가 그녀를 헷갈리게 한다는 것이었다. 우리는 그 남자의 행동에 숨겨진 의미와 신호를 분석했다. 여느 때처럼 꽤 자세히 분석하고 토론한 후, 우리는 그녀가 워낙 멋있어서 남자가 겁을 먹었을 거라고 결론지었다. 이처럼 괜찮은 여자를 만나본 적이 없어서 바싹 긴장했으니, 시간을 충분히 줘야 한다고.

그런데 그날, 작가실에는 스토리 컨설턴트인 그렉 버렌트가 와 있었다. 그는 1주일에 두어 번 찾아와서 드라마의 줄거리를 검토하고 남성의 관점에서 조언을 해주고 있었다. 이날 그렉은 우리의 이야기와 그 결론을 귀담아듣더니, 문제의 여성에게 말했다.

"잘 들어요, 그 남자는 당신한테 반하지 않았어요."

뭐라고? 우린 충격을 받았고 경악했다. 우스웠고, 그리고 오싹했다. 하지만 무엇보다도 흥미가 생겼다. 이 남자가 진실을 말하고 있다는 느낌이 팍 들었던 것이다. 연애 경험을 다 더하면 100년도 넘을 우리지만, 솔직히 그런 말을 입 밖에 내는 것은 생각해 본 적도 없고, 그때도 마찬가지였다. 우리는 마지못해 동의했다.

"그래요, 그게 핵심일지도 모르죠. 하지만 바쁜데다 단순하지도 않은 '내 미래의 남편'을 그렉은 이해하지 못할 걸요."

우리는 주위를 둘러봤다. 그렉은 그때까지 부처님 가운데 토막같이 가만히 앉아서, 남자들의 애매모호한 행동에 대한 이야기에 귀기울이고 있었다. 그리고 우리는 이런 남자들을 위해 변명을 해줬다. 허겁지겁. 원래 전화를 잘 안 하는 사람이고, 힘든 유년기를 보냈으며……. 하지만 결국 한 사람씩 그렉의 날카로운 지적에 두 손 들고 말았다. 그렉의 엄청난 노력 덕분에, 우리는 '제정신인' 남자가 나를 좋아하면, 그 무엇도 그 남자를 막지 못한다는 사실을 깨닫게 되었다. 그가 제정신이 아니라면, 우리가 그런 남자랑 이어지려 할까? 그는 '살아 있는' 증거도 댔다. 그렉이야말로 나쁜 남자 노릇, 좋은 남자 노릇을 모두 해본 끝에 결국 진짜 멋진 여자를 사랑해서 결혼한, 경험이 풍부한 사람이었으니 말이다.

우리 모두는 현실을 파악했고, 특히 나는 더욱 절실히 깨달았다.

오랜 세월 남자들과 그들의 헷갈리는 행동에 불만이 많았는데, 이제 그게 모호한 태도가 아니었음을 알게 되었다. 헷갈린 사람은 바로 나였다. 그 남자들은 나한테 그다지 반한 게 아니었으니까.

어쩌면 그 일로 우리가 기운 빠지고 의기소침해졌을 거라고 생각할지도 모르겠다. 하지만 그 반대다. 아는 게 힘이고, 더 중요한 건 알면 시간을 아낄 수 있다는 점이다. 그날 나는, 앞으로는 전화기 옆에서 기다리며 시간을 허비하지 않겠다고 결심했다. 또, 헷갈리게 하는 행동의 의미가 '난 너를 사랑하고, 너와 같이 있고 싶다'이기를 바라면서, 여자친구들을 붙들고 하소연하느라 더 이상 시간낭비하지 않을 것이다. 그렉은 우리들 모두가 아름답고 영리하고 재미있는 여자들이므로, 남자가 전화하지 않는 이유를 파악하느라 시간을 낭비해서는 안 된다는 점을 일깨워주었다. 그의 말마따나 멋진 여자들이 쓸데없는 일에 헛되이 힘을 쏟다니, 말도 안 되지 않은가?

참 어렵다. 우리는 자라면서 좀더 밝은 면을, 더 낙관적으로 보도록 교육받았다. 그런데 이건 그렇지가 않다. 여기서는 반대로 어두운 면을 봐야 한다. 먼저 거절당했다고 가정해야 한다. 나도 예외가 아니라고 생각하자. 그러면 말할 수 없이 자유로워진다. 하지만 쉬운 일이 아니라는 걸 안다. 왜냐하면 우리는 이런 식이니까. 우리는 어떤 남자와 데이트를 하면, 상대방에 대해 열광한다. 그러면 그때부터 남자는 우리를 실망시키기 시작한다. 그리고 연이어 실망스런 일을 저지른다. 그러면 우리는 남자를 무지무지 두둔한다. 몇 주 혹은 몇 달을 그렇게 변명해 준다. 자신이 홀딱 빠진 멋진 남자가 형편없는 작자로 전락하는 중이라고는 생각하고 싶지 않거든! 그래서 그들이 왜 그렇게 행동하는지 설명해 보려고 안간힘을 쓰는 것이다. 아무리 말 안 되는 설명이라도 '그는 나한테 반하지 않았어'라는 생각보다는 나으니까.

실제로 그런 상황에 처한 여자들의 질문을 이 책에 수록한 것은 다 그 이유 때문이다. 이 책에는 여자들을 너무 오래 붙들어두는 기본적인 변명 51가지가 제시되어 있다. 그러니 재미있게 읽더라도 다른 여자들의 경우에서 뼛속 깊이 교훈을 얻기를! 혹시 애인이 당신에게 반한 것 같지 않거나 그런 점에 대해 따져볼 필요를 느낀다면, '그는 당신에게 반하지 않았다'라는 섬뜩 발랄한 생각을 해보기 바란다. 자신에게 자유를 주어서 진짜로 나한테 반한 남자를 찾으러 다닐 수 있게!

들어가는 말—♂Greg

여자들이여, 인생은 짧고 남자는 많다

나는 여자 작가들이 지배하는 〈섹스앤더시티〉의 작가실에서 청일점이 되는 행운을 음미하고 있다(사실 그들을 구경하면서 과자를 먹곤 한다). 작가들은 회의 중에 자신이 만나는 남자에 대해 자주 이야기한다. 늘 있는 일이다. 우리 드라마는 낭만적인 관계를 분석하는 것이기 때문에 다양한 연애담은 대본 작업에서 많은 부분을 차지한다. 그녀들의 환상은 끝없이 이어진다. 내 말은 그들에게 냉소적으로 들릴 테지만, 난 곧 현실적인 태도를 취한다.

이 특별한 날, 어김없이 한 숙녀가 말을 하기 시작한다. "그렉, 당신이 남자니까 하는 말인데……." 관찰력 한번 좋다. 그녀 말대로 난 남자다. 그녀가 말을 잇는다. "내가 어떤 남자를 만나고 있거든요. ……내 생각에는 사귀는 것 같은데…….” 무슨 말인지 알 만하다. 그녀가 계속 말한다. “우린 영화를 보러 갔고, 분위기도 아주 좋았어요. 그가 내 손을 잡지는 않았지만 그것도 괜찮았고요. 나는 손잡는 걸 싫어하거든요.” 이쯤 되면 무슨 말인지 알고도 남는다. “나중에 주차장에서 그가 키스했어요. 그래서 우리 집에 가겠느냐고 물었더니, 그는 내일 아침에 굉장히 중요한 스케줄이 있어서 집에는 못 가겠다고 했어요.” 아니, 지금 농담하나? 답은 뻔하다!

내가 물었다. “그후 그 사람한테 연락이 왔나요?”

“저, 그게 문제인데요. 그 일이 1주일 전이었거든요.” 이만하면 여러분도 답을 알 것이다. “그런데 오늘 이메일을 보냈더군요. ‘왜 나한테 연락 안 해요?’란 내용이었어요.”

잠깐 그녀를 쳐다보는데, 하고 싶은 말이 그만 입 밖으로 튀어나와버렸다. (아, 여자들이여! 그대들 때문에 가끔 열통이 터진다니까!) 여기 아름답고 재능 있고 똑똑한 여성이 있다. 그녀는 남자를 신랄하게 관찰하는 걸로 유명한 TV 프로그램의 작가로 활동하고 있고, 수상경력도 화려하다. 누가 봐도 그녀 쪽에서 남자를 고를 것 같은 그런 여자다. 그런데 이 수퍼스타급 여성은 너무나 뻔한 상황을 두고 헷갈려 한다. 말이 되나? 사실 ‘헷갈린다’는 말은 적절치 않다. 얼마나 똑똑한 여자인데 헷갈릴까. 그녀는 헷갈리는 게 아니라 희망을 품고 있는 거다. 그런데 상황은 가망이 없고, 그래서 나는 사실을 폭로한다. “그는 당신에게 반하지 않았어요.”

한마디만 더 들어주길. 이건 정말 좋은 소식이다. 엉뚱한 사람을 붙들고 시간낭비하는 거야말로 진짜 시간낭비니까. 당신의 관심을 딴 데로 돌려서 더 좋은 사람을 찾을 수 있는 마당에, '시간만 잡아먹는 작자'나 '전화 거는 것도 잊는 인간' 때문에 시간을 더 낭비하고 싶지는 않을 테니까.

나는 의사도 아니고 뭣도 아니다. 하지만 아주 중요한 단 하나의 이유 때문에 들어주는 데 있어서는 전문가다. 난 남자다. 남녀관계에서 중요한 몫을 하는, 또 분명하게 처신하려는 남자다. 내가 남자이기 때문에, 남자들이 어떻게 생각하고 느끼고 행동하는지 안다. 따라서 남자란 어떤 종족인지 여러분에게 말해 줄 책임이 나에게 있다. 멋진 여자들이 이상한 관계에 질질 끌려다니는 걸 보는 건 이제 신물이 난다.

남자는 여자한테 반하면 자신이 그렇다는 걸 알린다. 전화하고, 불쑥 나타나고, 그 여자의 친구들을 만나고 싶어한다. 여자한테서 눈이나 손을 떼지 못한다. 섹스할 기회가 오면, 남자는 좋아서 어쩔 줄 모른다. 다음날 새벽 4시에 대통령으로 취임한다고 해도 상관하지 않는다!

여자는 '그는 지금 정신 없는 상황이어서 그럴 거야. 할 일이 산더미처럼 쌓였다고 했잖아'라는 식으로 복잡하다고 생각하지만, 남자는 절대 복잡하지 않다. 그리고 남자는 "뭐라고 했어? 아니야, 잘 듣고 있어"라고 안 그런 척하면서도 섹스 생각을 한다. 거의 언제나. 안쓰럽지만, 또 황당하지만 우린 여자에게 "당신은 내 타입이 아니야"라고 말하느니 버스 창 밖으로 팔을 내밀어서 사고를 당하는 게 낫다고 믿는다. 그런 말을 하면, 여자가 우리를 죽이거나 자살하거나, 아니면 우리를 죽이고 자살할 거라고 생각한다(그 사실보다 끔찍한 건 울면서 소리치는 것이다). 남자가 연민은 갖되, 그 여자에게 반하지 않았다는 건 어쩔 수 없는 일이다. 때로는 여자에게 그 사실을 똑바로 알려주지 못하기도 하지만. 어떤 녀석이 전화하겠다고 하고는 연락하지 않거나, 연애 중이라는 걸 분명히 하지 않는다면, 여자는 상황을 알아차려야 한다. 남자를 두둔하지 않기만 해도, 남자의 행동으로 사실을 파악하고도 남을 것이다. 그가 자신에게 반하지 않았음을.

여성 여러분, 이제는 딴 데로 눈을 돌리기 바란다! 손해도 보지 말고 시간낭비도 하지 말기를. 다른 사람을 만나서 더 좋은 관계를 맺을 수 있는데, 왜 유령 같은 존재와 이상한 연애를 할까? 이런 말 듣기 싫다고? 좋다. 여기 당신이 원하는 대답이 있다. "계속 사귀어봐요, 아가씨. 다들 이상한 남자라고 해도 그는 이상한 남자가 아닐 거예요. 입 다물고 기다려봐요. 적당한 때 당신이 전화하고, 그의 눈치를 보고, 충분한 대화나 만족스런 섹스 같은 건 기대하지 말고요. 그렇게만 하면 그를 가질 수 있을 거예요!" 하지만 그가 당신을 버리더라도 놀라지는 말기를. 그가 지지부진한 관계를 질질 끌고 나가도 괴로워하지 말기를.

리즈와 나는 그런 이야기들을 들었고, 여자들은 그런 관계를 지겨워했다. 당신이 지금 이 책을 읽고 있는 것도 그 때문일 거다. 여러분은 멋진 연애를 할 자격이 있다. 여러분도 나도 거기에 동의한다. 그러니 지금부터 펜을 들고 줄을 쳐가면서 시작해 보기 바란다. 내가 할 말은 리즈가 이미 다 해버렸다. 멋진 여자들이 힘을 엉뚱한 데 쓸 거 없지!

당신들 모두 똑같은 남자를 만나고 있다!

나는 당신들이 만나는 남자들을 안다.

그렇다. 정말이다. 그는 업무 때문에 지쳤고, 진행 중인 프로젝트 때문에 엄청나게 스트레스를 받고 있다. 또는 얼마 전 끔찍한 결별을 겪어서 지금 아주 힘든 상태다. 부모의 이혼으로 상처를 입었고, 그로 인해 상대를 믿지 못하는 경향이 있다. 지금 그는 일에 전념해야 한다. 자기 삶에 대해 알게 될 때까지 다른 사람과 관계를 맺을 수가 없다. 얼마 전 아파트를 구해 이사했는데, 그것 때문에 많이 지쳐 있다. 모든 게 안정되면 그는 곧 아내나 애인, 또는 힘든 일로부터 벗어날 것이다. 이런, 진짜 복잡한 남자네.

그는 완전히 당신이 늘어놓은 변명으로 만들어진 남자다. 당신이 그를 두둔하기를 멈추는 순간, 그는 당신의 인생에서 완전히 자취를 감출 것이다. 너무 바쁘거나 힘든 일을 겪어서 여자랑 사귀기가 힘든 남자가 있을까? 있다. 하지만 그런 남자는 '전설 속의 인물'이라고 할 만큼 드물다. 이미 말한 것처럼, 남자는 여자에게 "당신한테 반하지 않았어"라고 말하느니 코끼리한테 밟혀 죽는 게 낫다고 믿는 종족이다. 우리가 이 책을 쓴 이유는 바로 여기에 있다. 우리는 당신의 변명을 끄집어내어 실체를 드러내고 싶었다. 말도 안 되는 두둔에 불과함을 알리고 싶었던 거다.

이런 영화를 본 적이 있는지? 여자는 남자의 데이트 신청을 기다리다 신청하지 않는 데 대해 구실을 갖다붙인다. 그러다 술 기운에 같이 자고 말았다. 그때까지는 그냥 편하게 어울리는 정도였다. 그날 이후 남자는 여자를 피하지만, 여자는 그를 용서하고 기대를 낮추고 비위를 맞추면 결국 그를 갖게 될 거라고 생각한다. 남자는 결혼식에서 만취해 허우적대고, 그들은 모래 위에 쌓은 불만족스런 관계 속에서 불행하게 살아간다. 본 적 없다고? 당연하다. 그런 영화는 아무도 안 만드니까. 사랑은 그런 게 아니니까. 사람들은 사랑하는 이를 찾고, 같이 있기 위해서라면 무슨 일이든 한다. 대작들은 바로 그런 내용을 다룬다. 우리가 감탄해 마지않는 남녀관계에는 대단한 뭔가가 있고, 우리도 살면서 그런 관계를 꿈꾼다. 자신을 소중히 여기면 여길수록 그런 관계를 누릴 가능성은 커진다. 그러니 이 책에 실린 여러 가지 변명을 읽고, 한바탕 웃어라. 그 다음에는…… 다 던져버려라. 당신은 소중한 사람이니까.

차례

Part 1

당신에게 접근하지 않는다면,

그는 당신에게 반하지 않았다

남자는 좋아하는 여자를 당연히 만나고 싶어한다

"그렉, 세상은 남자들이 지배해요"라고 나에게 말한 여자가 여럿 있다. 오호라~ 그거 참 남자가 꽤 능력 있는 거 같네. 그렇다면 대답해 보기를. 왜 여자들은 우리 남자들이 세상은 지배하면서도 수화기를 들고 데이트 신청은 하지 못한다고 생각할까? 여자들은 우리가 '너무 수줍음을 탄다'거나 '어떤 일에 붙들려 있다'고 생각하는 것 같다. 내 말 잘 들으시기를. 남자들은 원하는 것을 얻었을 때 비로소 만족한다. 특히 세상을 지배하느라 힘든 하루를 보낸 후에는 더 그렇다. 남자가 당신을 원한다면 그는 곧 당신을 찾아낼 것이다. 당신이 어디에 있든. 혹시 그가 당신을 알아볼 시간이 없었다고 생각한다면, 당신이 그를 알아보는 데 걸린 시간을 계산한 후 반으로 나눠보도록!

이제 여러분은 이 책을 읽으면서 인생이 바뀌는 것을 경험하게 될 것이다. 우리는 지금까지 들었던 사연들과 받아온 질문들을 묻고 답하는 형식으로 재구성했다. 운이 따른다면, 다음의 질문들을 읽고 거기에서 핵심을 파악하게 될 것이다. 핵심이란 바로, 불만스런 상황에 대한 '여자들의 변명'이다. 운이 따르지 않는 분들의 이해를 돕기 위해 각각의 변명들을 소제목으로 뽑아 핵심을 정리해 놓았다.

'우리의 우정을 깨고 싶지 않은 걸 거야'

그렉에게

정말 실망이에요. 그와는 거의 10년 동안이나 순수하게 '친구로' 알고 지냈거든요. 그는 다른 도시에 사는데, 지난번 이쪽으로 출장을 왔어요. 둘이 만나서 저녁을 먹었죠. 그러다 보니 갑자기 데이트하는 기분이 들더라고요. 그는 계속 시시덕댔어요. 날 훑어보면서, "와! 요즘 모델로 직업을 바꾼 거야, 뭐야?"라는 말까지 하더라고요. (시시덕댔다는 거 틀린 말 아니죠?) 우리는 곧 다시 만나자고 약속했어요. 그런데 그렉, 난 정말 실망했어요. 2주가 지나도록 전화가 없잖아요. 내가 먼저 전화해도 될까요? 어쩌면 그는 친구에서 연인으로 변하는 걸 두려워하는지도 몰라요. 내가 먼저 옆구리를 찔러도 될까요? 친구끼리는 그래도 되는 거 아니에요?

조디

'친한 여자' 님께

2주일은 긴 시간이 아니죠. 다만 10년 더하기 2주일인 게 문제지요. 모델이든 모델 같은 외모의 여자든 사귀어야 할지 말아야 할지 결정하는 시간치고는 너무 길군요. 친구니까 옆구리를 찔러도 되겠냐구요? 그럼 한번 찔러봐요, 친구니까. 하지만 옆구리를 찌르고 나서도 얼마나 빨리 전화가 오는지는 지켜봐야 하겠지요. 두 사람이 함께한, 데이트라고 생각되는 저녁식사가 그에게 다른 느낌을 줬다면, 2주일이나 지났으니 그도 생각할 시간이 충분했을 테지요. 아마 당신한테 반하지 않았다는 결론이 이미 났을 거고요. 진실은 이래요. 남자들은 섹스로 이어질 수 있다고 판단되면 우정을 깨뜨리는 일 따위는 전혀 신경 안 써요. '친구 사이의' 실수든 의미 있는 연애든 상관없이 말이죠. 알았으면 밖으로 나가서 근처에 사는 사람을 찾아봐요. 당신의 모델 같은 외모에 넋이 나갈, 그래서 함께 깊은 대화를 나눌 그런 남자를 찾으세요.

"우정을 망가뜨리고 싶지 않아"란 변명은 헛소리에 불과하다. 이 말이 통하는 것은 그럴듯해 보이기 때문이다. 섹스가 우정을 망칠 수 있다고? 불행하게도 인류 역사상 정말 진심으로 그런 변명을 한 사람은 없었다. 왜냐하면 우리 남자들은 어떤 사람에게 마음이 동하면 자제하지 못하니까. 더 많은 걸 원하게 되니까 말이다. 친구로 지내던 여자에게 마음이 끌리면, 남자들은 관계를 더 발전시키고 싶어한다. 그러니 제발 남자가 "겁내고 있나 봐" 같은 말은 하지 말도록. 애정을 갖고 여자들에게 고하노니, 남자가 겁내는 것은 딱 하나뿐이다. 상대방이 자신에게 매력을 느끼지 않는 것.

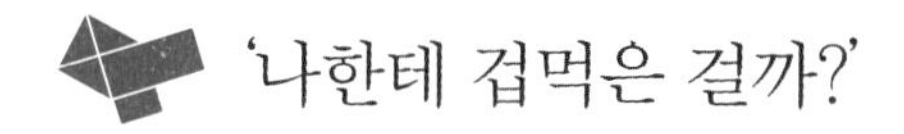

'나한테 겁먹은 걸까?'

그렉에게

난 우리 집 정원사한테 반했어요. 베란다에서 그가 꽃을 화분에 옮겨 심고 있을 때였어요. 날이 더워서 그는 윗옷을 벗고 일하고 있었죠. 그의 모습에 나는 몸이 달아올랐고요. 맥주를 가져가서 그와 대화를 나눴어요. 보니까, 나한테 데이트 신청을 하고는 싶은데 겁내는 눈치더군요. 그는 내가 고용했으니까요. 이런 상황에서 내가 먼저 데이트 신청을 해도 될까요?

체리

'비밀의 화원' 님께

정원사는 당신에게 얼마든지 데이트 신청을 할 수 있어요. 포르노 영화 못 봤어요? 피자 배달원보다 먼저 도착하기를 바라곤 하잖아요. 솔직히 말할게요. 그가 맥주를 마신 후에도 전혀 감흥이 없었다면, 그건 당신이 고용주라는 사실과는 관계없어요. 이제 그만 나쁜 소식을 들을 시간이에요. 그가 당신한테 반하지 않았다는 소식을요.

성희롱방지법도 있고 직장내 규칙도 있지만, 남자는 상사라고 해도 반하면 데이트 신청을 한다. 비록 평소보다 용기가 더 필요할지도 모르지만, 분명히 데이트를 청한다. 부하직원이든 잡역부든 당신이 나서서 데이트 신청을 하게 만들어야 할 것 같지만, 사실 안 그러는 게 좋다. 다시 말하건대 여성들이여, 윙크와 미소만으로도 충분하다.

그런데 왜 잡역부랑 사귀려고 하지?

하하, 농담이다. 좋은 사람이니까 그렇겠지.

'천천히 발전시키고 싶은가 봐'

그렉,

그는 매일 나한테 전화해요. 얼마 전 이혼했고, 알콜중독자모임에 다니는 사람이에요. 우리는 최근에 다시 연락하게 됐어요. 통화를 아주 많이 하다가, 어느 주인가 두 번 만났는데 아주 좋더라고요. 시시덕대거나 별다른 일은 없었지만, 재미있었죠. 그 후 그는 매일 전화하지만, 만나자는 말은 안 해요. 겁을 내는 거 같아요. 이혼한 것이나 술 마시는 것, 그리고 새 삶을 시작하는 것 때문에 천천히 시간을 갖고 싶은 거라면 이해하겠어요. 그런데 전화로는 마음을 열어놓고 오랜 시간 이야기를 하거든요. 도대체 그를 어떻게 해야 할까요?

젠

'통화 중' 님께

안타깝게도 당신과 만나려고 하지 않는다는 게 데이트의 커다란 장애군요. 최근에 이혼했고, 술도 다시 끊었고, 새 삶을 시작했고, 어쩌고저쩌고 그런 얘기라면…… 졸립네요, 후덥지근하거든요. 가서 한숨 자야겠어요. 낮잠에서 깨면, 당신 친구가 자신의 인생을 잘 꾸려가고 있다는 소식을 듣고 싶군요. 하지만 그대로라면 당신은 결코 데이트를 못 할 겁니다. 통화하는 관계로 만족한다면 계속 통화나 해요! 하지만 이 시점에서 꼭 알아두세요. 그는 당신에게 반하지 않았어요. 친구 사이 정도에 관심이 있다면 친구가 되어줘요. 하지만 연애 상대라면 장래의 남편감이 될 만한 쪽으로 옮겨보는 게 좋겠군요.

여자를 진짜 좋아하지만 개인적인 사정 때문에 관계를 천천히 발전시켜야 한다면, 곧장 여자에게 그런 사정을 알릴 것이다. 여자가 계속 추측하도록 놔두고 싶지는 않을 것이므로. 여자가 괴로워하다 떠나가지 않도록 확실히 해두고 싶을 테니까.

‘내가 먼저 전화해도 되겠지?’

그렉,

이번 주에 진짜 괜찮은 남자를 만났어요. 그가 전화번호를 주면서, 시간 나면 전화하라고 했어요. 참 쿨하다는 생각이 들더군요. 칼자루를 내게 쥐어준 셈이니까요. 내가 전화해도 되겠죠?

로렌

‘칼자루가 좋아’ 님께

그가 당신에게 칼자루를 준 건가요, 아니면 힘든 일을 당신에게 떠안긴 건가요? 그 남자가 취한 태도는 ‘마술의 속임수’였어요. 당신이 보기에는 칼자루를 준 것 같겠지만, 그는 이제부터 슬슬 당신과 데이트를 하고 싶은지 아닌지 생각해 볼 테니까요. 당신의 전화에 답변할 때까지 시간은 충분하니까. 차라리 마술사 데이비드 카퍼필드에게 전화하지 그래요? 그는 신문지를 돌돌 말아서 우유를 부은 다음, 그 우유가 없어지게 하는 마술이라도 부릴 텐데요.

“전화해 줘요”, “나한테 이메일 보내요”, “친구한테 언제 한번 뭉치자고 전해줘요" 같은 말을 데이트 신청으로 착각하지 말 것. 남자들은 만나고 싶으면 만나자고 한다. 케케묵은 말처럼 들리겠지만, 남자들은 여자가 좋으면 곧바로 데이트 신청을 한다.

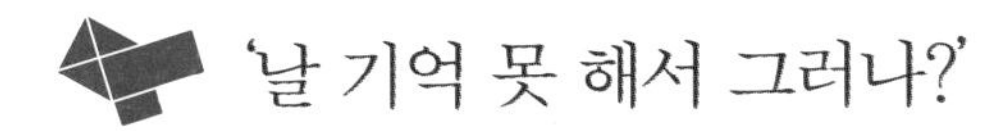

'날 기억 못 해서 그러나?'

그렉,

그래요, 그렉. 내 말 좀 들어봐요. 업무 관련 회의 때 타 지점에서 나온 그를 만났어요. 우린 곧 눈이 맞았죠. 그런데 그가 내 전화번호를 물으려는 순간, 정전이 된 거예요. 혼란스러운 와중이라 그에게 전화번호를 알려주지 못했어요. 정전 이야기는 그에게 전화할 만한 좋은 구실이 될 것 같은데, 안 그런가요? 그의 안부를 묻는 건 어떨까요? 내가 먼저 전화하지 않으면, 그는 내가 자기한테 반하지 않았다고 생각하면서 속상해할 것 같아요.

주디

'정전 속으로' 님께

전기가 나간 거지 그에게 사고가 생긴 게 아니잖아요. 그 남자가 타 지점에서 일한다고 했지요? 그렇다면 그는 직원 명단을 전부 뒤지거나 전직원에게 이메일을 보내느라 땀을 뻘뻘 흘리지 않아도 당신을 쉽게 찾을 수 있겠군요. 사람을 찾는 방법을 모른다면, 방법을 알려줄 엄마도 있고, 누이나 친구도 있을 거예요. 당신한테 진짜로 관심이 있다면요.

추신 : 남자한테 전화할 핑계로 정전사태까지 동원해야 하다니 안타깝군요.

스스로를 믿어라. 당신은 그에게 깊은 인상을 심어주었다. 그 정도에서 끝내면 된다. 만약 남자가 당신을 좋아한다면, 폭풍이 불어닥치든 홍수가 나든 당신을 기억할 것이다. 그렇지 않은 남자라면 당신이 굳이 시간낭비할 가치가 없다. 왜 그러냐고? 왜냐하면 당신이 괜찮은 사람이니까. (그렇다고 너무 잘난 체하지는 마시고.)

'줄다리기하는 건 별로거든'

그렉에게

너무 답답해서요. 남자한테 먼저 전화하면 그다지 매력적으로 보이지 않는다는 걸 알지만, 난 매번 남자들한테 먼저 전화를 해요. 난 상관없으니까요! 남자랑 줄다리기하고 싶지는 않거든요. 난 내가 하고 싶은 대로 하는 사람이에요! 남자들한테 전화도 하고요. 당신은 너무 구식이에요, 그렉. 왜 여자가 먼저 남자한테 데이트 신청을 하면 안 된다고 생각하는 거죠?

니키

니키에게

왜냐고요? 우리 남자들은 그걸 별로 안 좋아하거든요. 그래요, 좋아하는 남자도 있어요. 하지만 그건 그 남자가 게을러서 그런 거예요. 게으른 남자랑 누가 사귀고 싶겠어요?

간단한 얘기라고요. 내가 규칙을 만든 게 아니에요. 당신이 그런 규칙에 동의하지도 않을지 모르겠네요. 그렇더라도 나한테 화내지 말아요, 니키. 난 여자들이 석기 시대로 돌아가야 한다고 주장하는 사람이 아니니까요. 아주 먼 옛날부터 지속된 인간의 본성을 바꿀 수 있느냐 없느냐의 문제가 아니라, 당신이 좀더 현실적이길 바라는 것뿐이니까요.

어쩌면 당신은 '선택받은 자'일지도 모르겠네요.

거의 모든 남자들이 여자들을 쫓아다니길 좋아한다. 우리는 여자를 붙잡을 수 있을지 없을지 결과를 알지 못하는 상태를 즐긴다. 그러다가 붙잡을 수 있다는 걸 알게 되면 마치 보상을 받는 듯한 기분이 든다. 오랫동안 쫓아다녔다면 특히 더 기쁘다.

성적 위상이 많이 바뀌었다는 건 남자들도 안다. (우리도 그 변화를 좋아한다.) 우리는 여자들이 정부를 이끌거나, 다국적 기업의 총수가 되거나, 사랑스런 아이들을 양육할 수 있다는 걸 안다. 때로는 이 모든 걸 동시에 한다는 것도 알고 있다. 하지만 그렇다고 남자들이 달라지는 것은 아니다.

아주 단순한 진실

지금 이 순간 내가 펄쩍펄쩍 뛰면서 하늘에 주먹질을 해댄다고 상상해 보기를. 나는 무릎을 꿇고 당신에게 간절히 바라고 있다. 큰 목소리로 이렇게 말하면서. "이 책에 나온 것 중에서 하나만이라도 믿을 수 있다면 이걸 믿어주세요. 그 남자의 실제 모습은 당신이 원하는 모습이 아니랍니다. 남자는 여자를 쫓아다니기를 좋아한다고요!" 여자들은 남자가 자신을 따라오게 해야 한다는 말을 들으면 화를 낸다. 모욕적이라고 생각하면서 속상해 한다. 하지만 안타깝게도 그건 진실이다. 당신이 먼저 적극적으로 나가야 한다면, 다시 말해 남자를 쫓아다녀야 한다면, 그리고 데이트 신청을 해야 한다면, 남자는 십중팔구 당신에게 반하지 않았다고 난 믿는다. (우린, 당신이 그 여덟아홉에 속한다는 걸 믿기를 바란다!)

거듭 강조해도 지나칠 것 없는 말. 이 책을 읽는 '왕여우'인 그대, 당신은 데이트 신청을 받을 자격이 충분히 있는 사람이다.

♀Liz 여자들이 어려워하는 이유

아니, 우리 여자들이 뒷전에 물러앉아 기다려야 한 다는 말인가? 난 남자에 대해 잘 알지 못하지만, 아무리 그렇더라도 이건 속상해 할 얘기다. 우리는 모두 계획을 잘 세우고 노력을 게을리하지 않으면, 꿈을 이룰 수 있다고 믿으면서 자라왔다. 평생 내 능력으로 일을 이루어내며 살아왔다. 경력관리를 위해 열심히 일했고, 문제에 부딪

쳤을 때는 아주 적극적으로 대처했다. 전화하고, 약속하고, 때때로 잘 봐달라고 부탁하기도 했다. 행동을 취했다는 말이다. 그런데 지금 그렉은 우리에게, 이런 상황이라면 우리가 할 수 있는 일은 아무것도 없다고 말한다. 선택은 남자가 한다면서. 우리는 예쁜 옷을 입고 머리를 손질하고, 눈두덩을 퍼렇게 칠한 다음, '선택받기를' 기다려야 한다고 말이다. 코르셋 끈을 꽉 조인 바람에 남자 앞에서 기절해 버리면, 그가 번쩍 안아서 호박 마차에다 싣고 데려다 줄 텐데, 해보시지? 그러면 남자의 관심을 확 잡아끌 텐데!

정말이지 이 시대에는, 여자들이 하기에 지나치게 힘든 일은 거의 없다. 특히 나 같은 사람은 더. 우리는 기획을 하고 전화를 걸고 전략 세우기를 좋아한다. 어제 새로 한 머리모양이 흐트러져버리는 건 아닌지 전전긍긍하며 살지는 않는다는 말이다. 남자랑 사귄다고 해서 그가 매일 밤 온몸을 던지는 것은 아닐 것이다. 때로는 오랫동안 데이트 신청을 받지 못하기도 한다. 그래서 로맨스 가능성이 있는 남자를 보면, 물러앉아 있기가 훨씬 더 힘든 것이다. 그 남자를 놓치면 언제 또 기회가 올지 모르니까.

나 같은 경우에는 어땠느냐고? 먼저 다가가봤지만 성과가 없었다. 내가 쫓아다녀서 연애에 성공한 적은 단 한 번도 없었다. 물론 나랑 반대의 경우도 많을지 모른다. 하지만 내 경우에는 남자들이 결국 헤어진 애인이랑 재회하거나, 시간을 좀더 달라고 하거나, 다른 지방으로 출장을 떠나버렸다. 대개 그 정도 관계까지 진전되지도 못했다. 남자들은 내가 전화를 걸어도, 메시지를 남겨도 전화해 주지 않았다. 그러니 내가 칼자루를 쥐었다는 기분은 별로 느껴지지 않았다.

'그는 당신에게 반하지 않았다'라는 그렉의 원리를 알게 된 이후, 나는 놀라울 정도로 강력해졌다. 남자가 데이트 신청을 해야, 남자가 내 관심을 끌려고 애써야, 그때야말로 비로소 내가 칼자루를 쥐게 된다는 것을 배웠으니까.

이제 계획을 세우거나 전략을 짤 필요가 없다. 인생을 즐기고 나 자신을 좋아하기만 하면 되니, 기분도 좋다. 또 내가 삶을 주도적으로 이끌어 나갈 수 있으니, 남자의 데이트 신청을 목 빠지게 기다리고 있다는 생각은 들지 않는다. 계획을 세우고 작전을 짜고 데이트 신청을 해달라고 구걸할 필요가 없다는 걸 기억하는 건 우리 모두에게 좋은 일! 그게 가장 중요하다. 우린 '환상적인 사람들'이니까.

♂Greg 여자들이 이런 모습이면 좋겠다!

어느 밤, 바에서 술을 마시면서 여자 바텐더와 시시덕거리다가 그녀에게 전화번호를 물었다. 그녀는, "난 전화번호 안 가르쳐줘요. 남자들은 전화한다고 해놓고 안 하거든요. 내 이름은 린지 애덤스예요. 그러니까 전화하고 싶으면 번호를 알아내세요." 그래서 난 전화번호부를 뒤졌다. 바로 다음날에 말이다. 전화번호부에 린지 애덤스란 이름이 얼마나 되는지 아는가? 아홉 번이나 헛물켠 끝에 드디어 그녀와 통화할 수 있었다. 같이 일하는 남자배우 가운데 한 명은 항공모함에서 열린 행사에 참석했다가 한 여자를 발견했다. 10분 후 그는 여자를 놓쳐버리고 말았다. 한눈에 반한 그는, 해군에 문의해서 겨우겨우 그녀를 찾아낼 수 있었다. 지금 그들은 결혼해서 자알~ 산다.

🏆 난 성공했어!

그렉! 성공했어요. 모임에 나갔다가 그를 만났어요. 곧 둘이서만 한쪽 구석에 가서 이야기를 나눴죠. 그는 내게 미혼이냐고 물었고, 내가 그렇다고 대답하니까 은근히 기뻐하는 눈치였어요. 각자 다른 사람과 이야기를 하거나 술을 가지러 갈 때마다, 그는 눈으로 계속 날 좇았어요. 진짜 짜릿했어요. 나는 어찌나 흥분했던지 '어머나, 드디어 내 짝을 만났어!'라며 좋아했죠. 그가 내 전화번호를 묻지는 않았지만, 우린 공통으로 아는 사람들이 많아서 그가 알아서 찾아낼 거라고 짐작했어요.

하지만 그는 전화하지 않았어요! 그래서 어떻게 됐는지 알아요? 예전 같으면 내가 양쪽과 친구인 사람을 찾아서 어찌된 일인지 알아봐달라고, 그를 다시 만날 수 있게 기회를 만들어달라고 매달렸을 거예요. 하지만 난 그러지 않고 딴 데로 관심을 돌렸어요! 그가 어떻게 생각하는지는 상관없으니까요. 그가 데이트 신청을 안 하는데, 내가 왜 그 사람한테 매달리고 안달하겠어요? 오늘밤에도 나가서 더 좋은 사람을 만나기 위해 노력해 볼 거예요.

리슬리

그렉의 말을 믿지 못하겠다고?

우리는 한 여자와 오랫동안 사귄 26세에서 45세까지의 남자 20명을 대상으로 조사를 했고, 놀랄 만한 결과를 얻었다. 여자가 먼저 데이트 신청을 한 경우는 한 사람도 없었던 것이다. 그중 한 사람은, 여자가 먼저 나섰다면 "재미가 하나도 없었을 것"이라는 말까지 했다.

이것만은 꼭 알아두자!

✔ 핑계는 예의를 차린 거절이다. 남자들은 '원만했던 관계를 망가뜨리는 것'을 두려워하지 않는다.

✔ 남자에게 데이트 신청을 하려고 작전을 짜지 말라. 당신을 좋아한다면 그가 먼저 연락할 테니까.

✔ 당신이 그를 못 찾더라도 그는 당신을 찾을 수 있다. 당신을 찾고 싶으면, 그는 찾아내고야 만다.

✔ 당신이 앞장서고 싶어한다는 이유만으로 그도 같이 춤추고 싶어하는 것은 아니라는 걸 알아둘 것. 관습이란 인간의 본성에 의해 만들어졌고, 시대를 초월해서 존속되어 왔다.

✔ "어느 모임, 어느 친구네 집에서 만나요"는 데이트 신청이 아니다. 뉴요커라고 해도 마찬가지다.

✔ 남자들은 당신이 얼마나 마음에 드는지를 잊어버리지 않는다. 그러니 전화기는 당장 내려놓도록.

✔ 당신은 데이트 신청을 받을 만한 멋진 여성이다.

연습해 볼 것

연습문제가 없는 자습서가 있을까? 이 책에 실린 내용들은 모두 과감하고 지혜로운 것들이니, 여러분은 자신이 얼마나 똑똑한지 꼭 점검해 보기 바란다. 고민에서 벗어나 새로운 그림을 그려보고 싶은 사람이라면, 문제를 꼭 풀어보기를.

—당신을 아끼는 그렉과 리즈

초등학생 때 교과서에 낙서하지 말라는 말 들어본 적 있을 것이다. 그건 말도 안 되는 소리! 이제 펜을 들고, 그 남자에게 전화해야 할 이유를 다섯 가지만 적어보자.

1.
2.
3.
4.
5.

책을 덮고 한 시간쯤 기다릴 것. 적어도 10분은 기다린다. 그런 다음 자신에게 물어보라. 내가 감상적으로 보이나? 내 마음을 믿어도 될까? 그렇다, 당신은 그런 모습이다! 이제 전화기에서 손을 떼고 집 밖으로 뛰쳐나가자. 그리고 즐거운 일을 찾아보자.

당신은 당신을 위해 전화 거는 수고도 안 하는 남자 때문에 방금 연습문제를 풀었다. 그런데 왜 그런 인간을 쫓아다니고 싶어하지?

Part 2

전화 약속을 지키지 않는다면,

그는 당신에게 반하지 않았다

어떤 남자라도 전화 걸 줄은 안다

남자들은 항상 바쁘다고 말한다. 하루가 어떻게나 정신없이 돌아가는지 수화기를 들 짬조차 없었다고 하면서. 정말 미쳐버릴 정도였다고. 다 헛소리다! 휴대폰과 단축키의 출현으로 전화를 못 걸 정도로 바쁘다는 것은 헛소리가 되어버렸다. 주머니에 든 휴대폰을 실수로 꽉 잡는 바람에 전화가 걸릴 때도 있는걸? 남자들은 여자와는 다른 체하지만, 우리 남자들은 모두 당신네 여자들과 똑같다. 지겨운 일과 중에도 시간을 내서 좋아하는 사람과 이야기하고 싶어한다. 그러면 행복해지니까. 우린 행복해지기를 원한다. 만약 내가 당신에게 반했다면, 허겁지겁 휩쓸려가는 하루 중에도 틈을 낼 것이다. 너무 바빠서 전화 걸지 못하는 날이란 절대 없다.

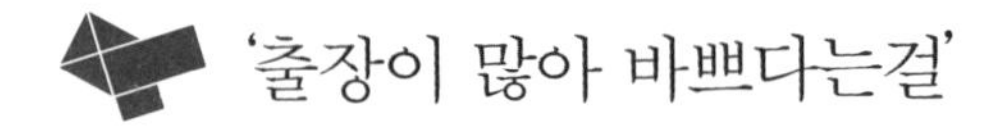

'출장이 많아 바쁘다는걸'

그렉,

얼마 전부터 아주아주 괜찮은 남자와 사귀기 시작했어요. 차분하고 다정다감하고 사려 깊은 남자죠. 하지만 최근에는 그가 하는 일 때문에 멀리 떨어져 있게 되었어요. 우리의 문제는, 그가 전화한다고 말해 놓고 하지 않는다는 거예요. 사실 자주 전화하는 편은 아니거든요. 1주일 정도 연락이 없으면 제가 전화하곤 했더랬어요. 그러면 그는 4, 5일 후에나 연락하고요. 통화할 때는"자기야~", "우리 애기야~"라고 부르면서 "정말정말 보고 싶었어!"라고 말해요. 그러고는 "우리 언제 또 만날까?"라고 묻죠. 그가 저한테 반하지 않아서 그러는 걸까요, 아니면 '생이별' 해야만 하기 때문에 그러는 걸까요?

지나

이봐요, '생이별' 님!

나는 당신과 현실 사이의 머나먼 거리가 오히려 걱정돼요. (좀 심한 표현이란 건 알지만.) 무슨 말이냐고요? 두 번째 문장에서 당신은 "차분하고 다정다감하고 사려 깊은 남자"라고 말했어요. 하지만 바로 뒤에 "그가 전화한다고 말해 놓고 하지 않는다는 거예요"

라고 말하는군요. 그건 다정다감한 것도, 사려 깊은 것도 아니잖아요? 차분한 것도 아니고요. "나는 당신에게 반하지 않았어"라고 쨍그랑쨍그랑 종을 울리고 있군요. 그럼, 통화할 때는 왜 잘 해주는 거냐고 묻고 싶죠? 남자들이 겁쟁이라서 그런 거예요. 최후통첩을 하는 마지막 순간까지 질질 끌려고 하는 거니까요. 당신을 좋아하는 사람이라면 당연히 시간을 내려고 한답니다. 아마 하루에도 대여섯 번씩 전화할 거예요. 당신을 만나러 오느라 비행기에 타고 있을 때만 빼고요.(비행기 안에서는 핸드폰 사용하지 못하는 거 알죠?)

'자기', '우리 애기' 같은 말에 속지 말기를 바라는 바다. 그런 달콤한 한마디는 사실 아무 뜻도 없으니까. "당신한테 반하지 않았어"라고 말하는 것보다 "자기야~", "우리 애기야~"라고 하는 게 더 쉽기 때문에 하는 말일 뿐이다. "전화 연결이 안 되는 곳에 있습니다"보다는 한 번의 행동이 더 확실한 뜻이라는 것을 기억해 주길.

'해야 할 일이 많아서 그런 걸 거야'

그렉에게

새해 첫날, 몇 번 데이트했지만 그 사이 제가 홀딱 반해버린 남자가 약속한 시간에 도착하지 않았어요. 전화를 했더니, 잔뜩 미안해 하는 목소리로 어머니를 뵈러 고향집에 내려가야 한다고 말하더라고요. 전화하는 걸 까맣게 잊었다고요. 정말 헷갈리더군요. 그의 어머니가 편찮으시기는 하지만, 그 정도로 위중한 상태는 아니라고 들었거든요. 그는 차를 몰고 코네티컷으로 가기만 하면 되는 거였다고요. 그렉, 난 그 남자가 정말 맘에 들어요. 어머니가 편찮으시니까, 그의 실수를 좀 봐줘도 된다고 말해 주세요. 그가 저한테 반했다고 믿어도 된다는 말 좀 해주세요.

바비

'새해 첫날' 아가씨

그래요, 어머니의 병환을 핑계로 삼는 것은 정말 형편없어요. 그가 당신에게 한 말은 바로, "당신을 생각하고 있지 않다"는 거니까요. 만약 당신에 대해 생각했다면, 떠나기 전에 전화해서 새해 첫날을 함께 보내지 못하는 아쉬움을 표현했을 테죠. 짐을 꾸려서 나갈 시간이 있었다면, 당신에게 전화할 시간도 있었을 거예죠. 그런

데 그러지 않은 거고요. (당신은 '잊었다'고 표현하지만, 나는 '그렇지 않았다'라고 표현해요.) 누군가를 좋아하면, 그 사람이 마음에서 떠나지 않아요. 특히 새해 첫날 같은 특별한 날에는 더 그렇죠. 그가 그럴듯한 변명을 둘러댄 것 같아 보이기는 하지만, 안타깝게도 당신의 새해는 '그는 나한테 반하지 않았어'라는 큰 술잔으로 시작되었겠군요. 이제 술 좀 깨고, 나가서 당신에게 전화하는 것을 잊지 않는 남자를 찾아봐요.

중요한 질문이 여기에 있다. "남자가 나한테 전화하는 걸 잊어버리는 건 괜찮은 일일까요?" 나는 이렇게 대답하겠다. "아니오." 긴급 상황, 예를 들어 그가 누군가를 병원에 급히 데려가야 할 때나 방금 직장에서 해고당했거나, 그의 페라리 승용차를 누가 훔쳐 갔을 때가 아니라면(이건 농담이고), 그는 당신에게 전화하는 걸 잊어서는 안 된다. 당신을 좋아한다면, 나는 당신을 잊어버리지 않을 거다. 절대로! 당신에 대해 잊어버리는 남자라면 인생에서 다른 중요한 것도 모두 깜빡할 게 분명하다. 당신은 그런 남자가 그렇게나 좋은가?

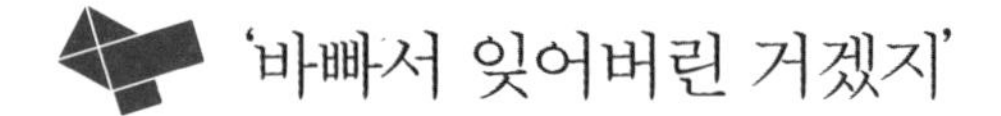

'바빠서 잊어버린 거겠지'

그렉에게

그 남자는 전화를 끊을 때마다 언제쯤 전화하겠다고 약속을 해요. "주말에 내가 전화할게"라거나 "내일 전화할게"라고요. 통화중에 다른 전화가 걸려오면 "조금 있다가 다시 전화할게"라고 하죠. 그러고는 전화를 안 하는 거예요. 늘 다시 전화하겠다고 말하지만 한번도 안 했어요. 이쯤 해서 그의 마음을 눈치 채야 하는 걸까요? 아니면 그가 통화를 끝내면서 하는 말은 뭐든 무시해 버리는 게 나을까요?

애니

'전화 기다리는 여인' 님께

맞아요. 이제 그의 마음을 알아채야 해요. 사실, 중요한 건 "그는 당신에게 반하지 않았다"는 거예요. 남자들은 이래요. 데이트하고 헤어질 때나 전화를 끊을 때 아무 말도 안 하는 것보다 여자가 듣고 싶어하는 말을 하려고 하지요. 거짓말하는 남자도 있고, 진심을 속삭이는 남자도 있어요. 거짓말과 진심을 구별하는 방법은 이거예요. 남자가 하겠다고 말한 일을 진짜로 하면 그건 진심이에요. 생각해 볼 게 또 하나 있지요. 전화하겠다고 해놓고 그대로 실행에 옮기는 것은, 사랑과 신뢰로 짓는 집의 첫번째 벽돌을 쌓아올리는 행동이랍니다. 이런 벽돌 한 장도 올려놓지 못한다면, 그 집은 지어지지 않을 테고요. 에구, 바깥이 춥군요.

남자들은 모두 싱거운 인간들이 되어버렸다. 마음에도 없는 말을 해대고, 지키지도 않을 약속을 해버린다. "전화할게", "한번 뭉치자"라고 말은 하지만 그렇게 하지 않는다. '인간관계 주식거래'에서 우리의 말은 가치를 완전히 잃고 말았다. 이런 악순환이 계속되는 상황이니, 다른 사람이 약속을 지킬 거라고는 기대도 못 한다. 하기야 약속을 지키지 않은 거짓말쟁이를 지적하는 일조차 당황스럽기 그지없다. 이런 와중에 데이트하는 남자가 전화하겠다고 해놓고 안 하는 걸 뭘 그리 대수롭게 생각하느냐고? 왜냐하면 자기가 한 약속 정도는 지키는 남자와 사귀어야 하니까 그렇지!

'원래부터 다른 걸 어떻게 해?'

그렉,

애인과 동거 중인데, 그는 전화하는 걸 별로 좋아하지 않는다더군요. 다른 도시에 가더라도 잘 도착했다는 전화조차 하지 않죠. 그저 전화를 안 하려고 하는 거예요. 그는 출장을 자주 가야 하는 일을 하는데, 우리는 그때마다 전화 때문에 싸우게 되지요. 가끔 난, 우리 두 사람의 스타일이 달라서 그런 것뿐이라고 생각하기도 해요. 내가 먼저 양보하는 법을 배워야겠다고요. 그런데 말이죠, 누군가에게 반했다면, 떨어져 있을 때도 전화해서 이야기하고 싶은 거 아닌가요? 내가 틀렸나요?

레이첼

'미치지 않았어' 님께

스파이와 사귀는 게 아닌 다음에야, 그렇게 행동하는 건 부당한 거예요. 나도 일 때문에 출장을 자주 가는데, 그럴 때면 아내에게 하루에 서너 번은 전화를 하죠. 가끔 시차 때문에 통화가 안 될 때도 있지요. 그럴 때는 나도 아내도 메시지를 남겨둬요. 솔직히 남자라서 그런지 전화하라는 말을 듣는 게 싫었어요. 다행히도 아내는 그런 말을 하지는 않죠. 그래서 더 아내에게 자주 전화하는 거고요. 전화걸기 규칙을 만들어둔 건 아니지만, 우린 매 시간은 아니어도 매일 이런저런 얘기를 하고 싶을 정도로 사랑하고 좋아하고 있어요. 상대를 그리워하는 건 건강한 관계라는 증거거든요. 떨어져 있을 때 연락하고 싶은 욕구를 존중하지 않는 것은 건강한 관계가 아니죠. 전화통화를 싫어하더라도, 그가 당신의 욕구를 존중해서 전화를 해줘야 하는 거예요. 당신이 행복해 한다는 이유만으로도 말이에요.

그렇다. 전화는 소리를 전선으로 전송하는 기계에 불과하고, 무선전화나 휴대전화, 기계식이나 전자식같이 여러 방식이 있지만, 어쨌든 전화는 관계를 상징하는 공식적인 척도가 되었다. 전화통화는 그저 전화통화에 불과한 걸까? 그가 당신을 얼마나 좋아하는지를 보여주는 수단이라고 봐도 되나? 아마 그 중간쯤일 것이다. 좋은 남자라면 그걸 알고 있을 테고, 이 간편한 텔레커뮤니케이션 장치를 적절히 이용할 것이다. 이메일까지 들먹일 필요도 없다.

'대단한 사람이라 그러는 거야'

그렉,

당신 말은 어처구니가 없어요. 내가 요즘 만나는 남자는(내가 데이트 신청을 했어요, 그렉) 아주아주 대단한 사람이라 진짜진짜 바쁘다고요. 뮤직비디오 프로듀서라서 출장을 자주 다니고, 장기간 촬영을 하지요. 책임을 진 일도 많고요. 일할 때는 며칠 동안 연락이 뚝 끊어지죠. 하지만 정말정말 바쁜 사람이니까요, 그렉! '정말로' 바쁜 사람도 있다니까요! 당신은 정신 못 차릴 정도로 바쁜 날 없어요? 나는 이제 어느 정도 적응이 되어서 그에게 뭐라고 하지 않아요. 성공한 바쁜 남자와 만나려면 그만큼 대가를 지불해야 한다는 걸 아니까요. 당신은 왜 여자들에게 많은 걸 요구하라고 부추기는 거죠?!

니키

니키에게

또 연락을 해줬군요. 반가워요. 아니, 사실은 안 반가워요. 잘 들어봐요, 니키. '아주아주 바쁘다'는 건 '당신한테 그다지 반하지 않았다'는 말과 같은 말이에요. '정말 대단한 인물'이라는 말은 '당신은 대단하지 않다'는 말과 동의어고요. 신분차이를 넘어 저 높은 데 있는 남자를 '붙잡았다니' 정말 대단하군요. 너무나 바쁘고 대단한 사람이라서 데이트 신청이나 전화도 못 하는 남자라니……. 당신 참, 복도 많군요? 사이비 연애를 하게 된 걸 축하하는 바입니다! 유명인사의 휴대폰에 당신의 번호가 저장되어 있으니 기분 정말 좋겠군요. 그가 그 번호를 누르지 않는데도요. 그가 진짜로 사귀는 모든 여자들이 당신을 질투할 거예요. 틀림없어요!

거칠고 극단적인데다 심하기까지 한 관계의 규칙에 대해 이야기하겠다. '바쁘다'라는 말은 '개똥 같은' 단어이며, '나쁜 자식'들이 애용하는 말이라는 것. '바쁘다'는 관계 맺기에 대형 참사를 유발시키는 말이다. 그럴듯한 구실 같아 보이기는 하지만, 진실을 파헤쳐 보면 결국 전화할 마음조차 없는 남자를 발견하게 된다. 기억하시길. 남자란 존재는 아무리 바빠도 자신이 원하는 것은 얻고야 마는 종족이다.

아주 단순한 진실

숙녀 여러분, 안타깝게도 난 당신들 곁에서 말도 안 되는 핑계를 매번 가려줄 수 없다. 그러니까 나쁜 녀석들이 당신에게 접근해 오는 것이다. 하지만 내가 할 수 있는 일이 하나 있다. 당신에게 반한 남자를 만날 경우라면 결코 일어나지 않을 광경을 제시하는 것이다. 당신은 전화벨이 울리기를 기다리며 시도 때도 없이 전화기를 바라보지는 않을 것이다. 친구들과 만난 자리에서 15초에 한 번씩 휴대폰의 메시지를 확인하지도 않을 것이다. 괜히 그에게 전화했다며 자책하는 일 역시 없을 것이다. 남자가 당신에게 반했다면, 그는 당신에게 아주 잘해줄 것이다. 그러므로 당신이 전화 때문에 조바심 내는 일도 없을 것이다. 사랑받느라 너무 바쁠걸!

♀Liz 여자들이 어려워하는 이유

우리 여자들은 똑똑하다. 우리도 알고 있다. 남자는 자상하고 사려 깊고 배려할 줄 알아야 한다는 것. 우린 바보가 아니란 말이다. 남자들이 전화하겠다고 말했다면 전화해서 우리를 어떻게 생각하고 있는지 알게 해줘야 한다는 걸 우리 여자들은 잘 안다고! 안다니까!

하지만 이런 교훈이 우리의 두꺼운 머리통 속에 단단히 뿌리내릴 즈음에는 그럴듯한 핑계를 대는 남자를 꼭 만나게 된다. 부모가 이혼하려고 해서 가족을 줄줄이 보살펴야 하는 남자, 이사를 해야 하는데 그 일이 얼마나 힘든지 미처 몰랐던 남자, 회사의 중요한 일을 맡아서 한동안 짬을 낼 수 없이 바쁘지만 나를 정말로 진짜로 좋아하는 남자…….
나도 그를 좋아하니까 얼마든지 참고, 그에게 숨쉴 여유를 주고, 사정이 어떻게 돌아가는지 두고 봐야 하는 상황이 되는 것이다.

이런 관계라면 당장 때려치워야 한다는 것을 머리로는 충분히 안다. 그런 주제로 책까지 쓰고 있으니까. 하지만 '이건 아니다' 싶은, 그것도 한참 아닌 상황에 부닥치면, 정확히 언제 훌훌 털고 벗어나야 할지 갈피를 잡을 수 없게 된다. 어느 밤, 남자는 나에게 전화하는 걸 깜빡한다. 그렇다고 그를 차버려야 하나? 그가 세 번이나 전화하는 걸 까먹는다면, 그 정도라면 차버려야 하나? 차도 되나? 내 마음에 쏙 들고 가슴 설레는 남자를 만나기란 쉽지 않다. 게다가 내가 만나는 남자는 정직하고 친절하며 나를 최우선으로 생각한다고 믿고 싶다. 좋지 않은 행동의 기미가 보이기 시작하면, 여자는 '내 생각이 틀렸네' 라는 희망을 갖는다. 과민반응을 보이고 싶지 않으니까. 다른 사람의 잘못인데 불공평하게 그 사람을 몰아붙이고 싶지도 않다. 또, 세상은 아주 복잡하고 기기묘묘하니, 지금이 그 남자를 사귈 때인지 아닌지 가늠하기 어렵다. 매번 그렉에게 전화해서 어떻게 하는 게 좋을지 물어볼 수도 없고.

그래서 이제는 상대의 행동 때문에 내 기분이 나빠지기 시작할 때를 알아차리려고 노력한다. 그 남자 때문에 내 마음이 복잡해지는 때를 감지하려고 한다. 그가 전화한다고 말해 놓고 전화하지 않으면 약간이라도 실망하지 않나? 그래, 어떻게 되는지 두고 봐야겠지. 그가 한 말을 믿을 수 없어서 마음이 불편한 상태인가? 안 좋은 상황이군. 눈물이 난다? 아주아주 비관적이다. 마음에 드는 사람과 연애하면 기분이 더 좋아지는 게 당연한 법. 더 나빠지는 게 아니라. 어떤 상황이든 어떤 변명거리가 있든지 간에, 연애를 하면 기분이 좋아야 한다는 게 기본 원칙이다. 쉽지 않지? 하지만 변명이 아무리 그럴듯해 보여도, 그런 남자는 당신의 마음에 상처를 주고 만다는 사실을 염두에 두기를.

그렉과 일하는 동안, 그가 아내에게 자주 전화한다는 사실을 알게 되었다. 지금 당장은 자세히 이야기할 수 없지만 그녀를 생각하고 있으며, 나중에 이야기하자는 말을 하려고 전화하는 경우도 많았다. 옆에서 보니, 전화통화가 아주 힘든 일 같지는 않았다. 오히려 보기 좋았다.

🏆 난 성공했어!

그렉, 나 해냈어요! 어떤 남자와 데이트를 두 번 했어요. 두 번째 데이트에서 같이 잤고요. 그는 다음날(화요일) 전화하겠다고 말하고는 주말까지도 하지 않았어요. 나중에 그가 전화했는데, 나는 너무 늦었다고 말해 주었어요. 그는 어리둥절해 했지만, 그런 작자 때문에 질질 끌 시간은 없잖아요? 그렇게 해본 건 처음이었는데, 기분은 썩 괜찮던걸요!

트레이시

📢 그렉의 말을 믿지 못하겠다고?

앙케트에서, '한눈에 반한 여자에게 바빠서 전화를 걸 수 없었던 경우가 있다'라고 답한 남자는 0퍼센트였다. 한 멋진 남자는 이렇게 말했다. "남자는 최우선으로 생각하는 것을 차지해야 하거든요."

이것만은 꼭 알아두자!

✔ 그가 전화하지 않는다면, 그건 당신을 생각하고 있지 않기 때문이다.

✔ 당신에게 기대하게 해놓고 작은 것조차 실행하지 않는 남자라면, 큰 일에도 그럴 것이다. 이런 점에 유의해서, 그가 당신을 실망시킬 사람인지 아닌지를 알아차릴 것.

✔ 자기가 말한 것을 실행하지 않는 남자와는 같이 있지 말라.

✔ 당신의 마음을 편하게 해주고, 눈앞의 갈등을 조화롭게 해결하지 않는 남자라면, 당신의 감정과 욕구를 존중하지 않는 것이다.

✔ '바쁘다'는 말은 '형편없는 인간'과 동의어다. '형편없는 인간'은 당신이 데이트 중인 남자를 뜻하고.

✔ 당신은 그놈의 전화를 받을 자격이 있는 여자다.

연습해 볼 것

누구나 예문이 있는 문제를 선호하므로, 아래 문제는 아주 풀기 쉬울 것이다.

한 번 데이트하고 함께 밤을 보낸 남자가 2주가 지나도록 전화하지 않을 경우, 당신은……?

1. 그는 무척 바빠서 내 전화번호를 잃어버렸을 거야. 머리를 다쳐서 기억상실증에 걸렸을지도 몰라. 그러고는 내가 먼저 전화한다?
2. 다니던 회사를 때려치우고 집에 있나 보다. 통신회사에 전화해서 내 집 전화에 이상이 없는지 확인하고, 남자의 전화를 기다린다?
3. 그가 나한테 반하지 않았다는 걸 알아차리고, 내 삶을 꿋꿋이 살아간다?

딩동댕! 답은 3이다. 쉽게 풀 줄 알았다. 정답을 고르니 기분 좋지?

Part 3

당신과 데이트하지 않는다면,

그는 당신에게 반하지 않았다

여럿이 함께 어울리는 건 데이트가 아니다

다양한 형태의 데이트가 있기는 하다. 특히 만난 지 얼마 안 되었을 때는. 그렇기 때문에 어정쩡하고 부시시하고 미묘한 상태가 지속되어도 뭐라고 물어볼 수가 없다. 이런 시기를 좋아하는 인간들도 있다! 연애하지 않는 척할 수가 있으니까. 당신의 감정에 대해 책임질 이유가 없으니까. 쳇! 어떤 이에게 진정으로 관심이 있다면, 공식적으로 데이트를 하기 마련이다. 로맨틱한 관계를 맺을 수 있는지 알아보기 위해 둘이서만 오붓하게 만나고 싶다고. 상대방이 섹시한 속옷을 입었을까 상상하면서도 겉으로는 대화에 귀 기울이는 척한다. 공식적인 데이트에 대해 더 알고 싶다면 몇 가지만 말하겠다. 보통은 남들도 알 수 있도록 교외로 나가거나 함께 식사를 한다. 슬쩍 손을 잡는 경우도 있고.

'헤어진 지 얼마 안 되었다잖아'

그렉,

난 '진짜 사랑'에 빠졌답니다. 먼저 그 말부터 하고 싶어요. 정말 정말 좋은 친구와 가끔 섹스를 하거든요. 그는 얼마 전에 끔찍했던 결혼생활로부터 해방되었어요. 그동안 상처가 너무 깊었고, 그런 상황을 힘겹게 이겨내는 중이기 때문에 어떤 기대나 요구에도 따라주지 못할 거라는 점을 그는 분명히 말했어요. 기본적으로 그 자신이 원할 때 오가고 싶어하지요. 우린 이제까지 6개월 정도 만났고, 만날 때는 함께 밤을 보내곤 하죠. 사실 언제, 어떻게 그를 만날지 감을 잡지 못하는 건 정말 고통스런 일이에요. 하지만 그와 같이 있을 수 없다고 생각하는 건 더 고통스러워요. 내가 이 정도로 무기력한 입장이라는 게 탐탁치 않지만, 이 시기를 잘 견디면 그는 결국 내 남자가 될 것 같아요. 하지만 지금은 너무 힘이 드네요. 난 어떻게 해야 할까요?

리사

'진짜 사랑' 님께

진짜진짜 좋은 친구인 아무개 씨와 그 '대단한' 우정에 대해 이야기해 보죠. 그 남자야 아주 좋을 수밖에요. 당신은 그가 파경의 아픔을 겪고 있을 때 친구가 되어주었으니, 당신에게는 늘 '친구'라는 카드를 쓸 수 있을 거예요. 그는 당신에게 연인이 아니라 친구로만 잘 대해주면 될 테니까요. 당신은 '친구'니까 '상처 깊은 이별'을 이겨내야 하는 그가 더 큰 감정의 소용돌이에 휘말리기를 바라지는 않겠지요? 그것 봐요, 그는 대단히 유리한 입장에 있어요. 애인에게서만 받을 수 있는 특혜를 다 누리면서도, 자신이 원할 때만 그녀를 만나면 되는 '친구' 니까요. 그가 당신과 가장 가까운 친구일지는 몰라도, 미안한 말이지만, 애인으로는 당신에게 반하지 않았어요.

'친구'라는 말에 주의하기를. 남자들이나 남자를 사랑하는 여자들이 가장 친구답지 못한 행동을 저지르면서 변명할 때나 쓰는 말이 '친구'다. 울면서 잠들게 만드는 사람을 친구라고 할 수 있을까?

'우리의 만남은 진짜 데이트인걸!'

그렉,

3개월째 한 남자랑 데이트하고 있어요. 우린 1주일에 4, 5일은 밤을 같이 보내죠. 모임에도 같이 나가고요. 그는 전화하겠다는 약속을 어기지 않으니까 당연히 날 실망시키는 일도 없어요. 우린 행복한 시간을 함께 보내고 있답니다. 하지만 최근 그가 나한테 말하기를, 자신은 어떤 사람의 애인도 되고 싶지 않다는 거예요. 진지한 사이가 될 준비가 아직 안 됐다면서요. 그가 다른 사람과 사귀고 있는 건 아니라는 것도 난 알아요. 아마 그는 '애인'이라는 말에 겁을 내는 거 같아요. 그렉, 여자들은 남자의 말보다는 행동을 믿어야 한다는 말 있잖아요. 그러니까 그의 말은 안 들은 걸로 하고, 그가 말은 그렇게 하지만 늘 나와 같이 있고 싶어한다는 점만 염두에 두면 되겠지요? 사실은 그가 나한테 반한 거 맞지요?

케이사

'안 들은' 님께

내가 실수하는 건 아닌가 해서 우선 '나는 당신의 애인이 되고 싶지 않아'라는 말을 '남녀사전'에서 찾아봤어요. 역시 내 생각이 맞더군요. 그 말은 '나는 당신의 애인이 되고 싶지 않아'라는 뜻 그대로에요. 이런! 그런 말이 1주일에 4, 5일이나 밤을 같이 보내는 남자의 입에서 나오다니! 마음 아프겠군요. 하지만 당신의 '애인이 아니라는 애인'이 당신에게 충실한 사람이 아니라는 걸 알게 되어 다행이에요. 당신이 그에게서 뭘 얻을 수 있을지 잘 모르겠네요. 애인이 아니라고 주장하는 남자에게 당신의 시간을 다 주고 싶다면, 그렇게 하세요. 하지만 적어도 면전에 대고, "난 당신한테 반하지 않았어"라고 말하지 않는 남자를 찾기를 바랄게요.

남녀가 진지한 사이가 되면, 남자 역시 여자처럼 감정적으로 보호받기를 바란다. 그래서 선언을 하는 거다. "난 네 남자야"라고 말하거나 "당신의 애인이 되고 싶어", "애인 같지도 않은 그 녀석과 당신이 헤어지면 내가 당신의 애인이 될 거야"라고 말하고 싶어한다. 당신에게 진짜 반한 남자라면, 당신을 독차지하고 싶어 안달할 것이다. 왜 아니겠는가, 멋진 여자가 바로 앞에 있는데!

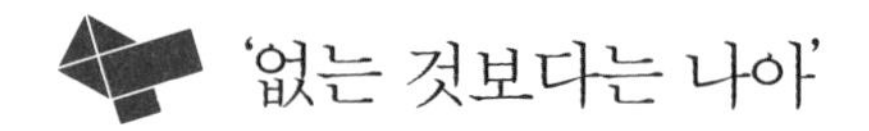

'없는 것보다는 나아'

그렉,

사귄 지 6개월이 된 남자가 있어요. 우린 2주에 한 번씩 만나지요. 만나면 너무 좋아요. 그와 섹스하는 것도 진짜 기분 좋은 일이고요. 좀더 가까워지면, 난 더 자주 만나게 될 거라고 생각했어요. 그런데 여전히 2주에 한 번밖에는 안 만나네요. 난 정말 그를 좋아하거든요. 이런 상태지만 없는 것보다는 낫다고 생각해요. 상황이 언제 어떻게 변할지 아무도 모르잖아요. 그가 몹시 바쁘다는 거 잘 알아요. 아마 당장은 데이트하는 데 쓸 시간이 그게 최대일 거예요. 그러니까 그가 이만큼이나마 시간을 내줄 수 있는 걸 영광으로 알아야겠지요? 그가 진짜로 날 좋아한다고 생각해도 될까요? 아닌가요?

리디아

'없는 것보다 나은' 님께

정말입니까? 지금 우리가 추구하는 게 없는 것보다 나은 사이 정도인가요? 나는 적어도 없는 것보다 '한결' 나은 걸 바랐는데요. 아니, 적어도 뭔가 특별한 것을 원했어요. 혹시 당신, 분별력을 잃은 건 아닌가요? 왜 그가 자투리 시간을 내주는 걸 영광으로 알고 있는 거죠? 그가 바쁘다고 해서, 그가 더 귀한 인물이 되는 건 아니에요. '바쁘다'는 말이 '더 귀하다'를 뜻하지는 않으니까요. 내 책에서는, 당신을 다시 만날 때까지 2주일이나 기다릴 수 있는 사람이라면 당신에게 반하지 않았다고 평가합니다.

이런 세상에, 다들 어쩌면 그렇게 쉽게 잊어버리는 걸까! 다시 말하겠다. 우리는 당신을 원하고, 당신에게 전화하고, 당신 자신을 섹시하고 탐나는 사람이라고 느끼게 해주는 남자에 대해 이야기하고 있다. 만날 때마다 당신을 더 좋아하게 되고 더 사랑하게 되어서 더 자주 만나고 싶어하는 남자 말이다! 2주에 한 번, 또는 한 달에 한 번 만나고, 조금 사랑하고 조금 애정을 받는다면 하루나 그 주, 그 달을 지내는 데는 도움이 되겠지. 하지만 과연 평생을 살아가는 데도 도움이 될지?

'출장이 잦아 시간을 낼 수 없다잖아'

그렉에게

그와는 만난 지 넉 달쯤 됐어요. 그는 출장을 자주 다니기 때문에 우린 그냥 시간이 될 때나 만나곤 해요. 그러다 계속 같이 지내기 시작해서 내가 우리의 관계에 대해 대화할 용기를 내려는 순간, 그는 또 출장을 떠나죠. 출장 가는 사람에게 그런 얘기를 꺼내는 건 우습잖아요. 그리고 그가 돌아왔을 때는, 한동안 못 만난 마당에 그런 이야기를 다시 꺼낸다는 게 뭣하고요. 그와 이야기하는 게 어렵네요. 둘이 있을 때는 너무너무 좋아서, '관계'에 대한 이야기로 데이트를 망치고 싶지 않거든요.

마리사

'시간 여행자' 님께

여행을 자주 하는 남자들에게는 작은 비밀이 있어요. 그건 바로 이렇습니다. 그들은 떠나는 걸 고대하지요. 점점 쌓여가는 항공사 마일리지에 감동하고, 비상탈출구가 있는 비행기도 좋아해요. 움직이는 목표물은 맞추기가 힘든 법입니다. 여행을 하면서도 관계를 지속하는 경우도 있고, 여행 덕분에 상대방과 거리를 두게 되는 경우도 있죠. 이 둘의 차이를 구별하는 아주 쉬운 방법은, 남자가 계속 떠날 수밖에 없는 마음이라고 말하느냐, 아니냐에 달려 있어요. 그가 없는 사이에 당신이 다른 남자를 만나려고 하는지 알아내기 위해 애쓰지 않는 남자라면, '당신에게 반하지 않은' 제트기에 탑승했다고 생각하면 됩니다. 안전벨트를 착용해 주시기 바랍니다.

당신은 상대와의 관계가 어떻게 진행되고 있는지 알 권리가 있다. 그런 대접을 받을 자격이 있다고 또는 그 이상이라고 자신할수록, 무겁고 드라마틱한 기분을 느끼지 않고도 중요한 질문을 던질 수 있게 된다.

아주 단순한 진실

지금 이 순간부터 앞으로 하게 될 연애 앞에 엄숙하게 맹세하기를. 불투명하고 우중충하고 지지부진하고 불분명한 관계는 더 이상 맺지 않겠다고. 그리고 가능하면 솔직한 사람과 만나기 위해 애쓰도록.

♀Liz 여자들이 어려워하는 이유

나는 감정에 대해 말하는 걸 별로 좋아하지 않는다. 남자와의 '관계'에 대해 이야기하는 것도 싫어한다. 난 내가 애송이에 불과하다는 걸 잘 알고 있다. 애송이는 감상적이게 마련이지만 난 아니라는 것도 안다. 감상적인 건 딱 질색이다. 특히 사귀는 남자에게 우리의 관계가 어디쯤 왔는지, 나에 대해 어떻게 생각하는지 묻는 건 정말 견딜 수 없다. 휴~ 남녀관계는 자연스럽고 순탄하면서도 분명해야 한다.

그러니 어떤 상태인지 알기 위해 이러저러한 방법을 생각해 내고 계획하고 동원한다면, 그거야말로 좋은 상태가 아닐 것이다. 쳇.

그런데 여기서 잠깐! 새로운 관계를 시작하는 건 사실 끔찍한 일이다. 우리 모두 나이를 먹을 만큼 먹어서, 여러 번 실연을 경험했거나 목격했다. 시작이 있으면 반드시 끝도 있다는 걸 우리는 잘 알고 있는 것이다. 그리고 우린 여전히 남자를 만나고 있다. 그리고 끝이란 늘, 그리고 거의 안 좋기 마련이다.

물론 여자들도 그렇지만, 사람들은 연애하기 시작했다는 사실을 모른 체하려고 갖은 변명과 구실을 만들어낸다. 상당히 교활해 보이긴 하지만, 인간 본성이 이해되는 단면이기도 하다. 그러니 연애의 처음이든 한참 후든, 관계가 약간 애매모호하면 어때? 남자를 만날 때마다 관계가 어디쯤 왔는지 알려는 애쓰는 정신 빠진 여자가 되고 싶은지? 우리는 '쿨한' 여자가 되고 싶다. 잘 맞으면서도 지나치게 요구하지 않는 여자가 되고 싶거든. 내가 늘 원하는 모습이 바로 그거다. 또 난 늘 그런 여자이고. 하하.

쿨한 여자가 가진 문제는, 그렇게 '센' 척하더라도 마음의 상처를 입는다는 것이다. 혼자서. 쿨한 여자도 자신이 어떤 대접을 받고 있는지에 대해 관심이 있다. 더 민감할지도. 쿨한 여자 역시 남자가 전화해 주길 원한다. 언제 그와 만날지 궁금해 하고, 그가 나에게 홀딱 반했는지 알고 싶어한다. 흥, 난 그게 싫다.

나이가 들어감에 따라 우선순위가 바뀌어서 그럴지도 모른다.

하지만 이제 나는 누군가와 데이트 '비슷한' 것은 하기 싫다. 누군가와 '어울려 돌아다니는' 것도 마음에 안 든다. 매달리지 않는 척하려고 감정을 억누르느라 힘 빼고 싶지도 않다. 확실한 관계를 맺고 싶은 거다. 믿음직스럽고 고상하고 나에게 반했다는 걸 알려주는 사람과 만나고 싶다. 같이 밤을 보낸 후에도 다시 만나게 되는 그런 사람을!

물론 처음에는 얼마나 잘해줄지 고민해 봐야 한다. 하지만 상대방을 더 편하게 해주고 싶다면 그래서는 안 된다. 자신이 섬세하고 소중한 존재임을 알고 있으므로 더 조심해야 한다. 내가 사랑하게 될 그 남자에 대해 나 자신은 신중하고 분별력 있는 사람이기 때문에 더 그렇다. 지금 나는 그렇게 하고 있다. 그다지 나쁘지 않다.

♂Greg 여자들이 이런 모습이면 좋겠다!

내 친구 마이크는 또다른 내 친구 로라를 좋아했다. 밴드 연습 후, 마이크는 로라에게 데이트 신청을 했고 지금 둘은 결혼해서 잘 살고 있다. 내 친구 러셀은 에이미라는 여자를 만났고, 둘은 데이트해서 결혼했다.

제프라는 친구는 다른 도시에서 여자를 만났는데, 그 다음 주말에 그녀를 만나러 그곳에 갔다. 늘 그렇게 다니다가 결국 그녀의 집에 들어가 같이 살게 되었다. 아주 간단하다. 언제나 그렇게 간단하다.

난 성공했어!

한 남자와 두어 달쯤 사귀었는데, 갑자기 그가 내게 푹 빠진 게 아니라는 생각이 들었어요. 예전 같았으면 관계를 발전시키기 위해 더 노력하고, 친구들에게는 이러니저러니 둘러대고, 그에게는 따져 물었을 거예요. 하지만 이번에는 간단한 실험을 해보기로 했어요. 그가 나한테 반하지 않았다고 가정하고, 나도 그에게 전화하지 않았죠. 예상대로 그는 전화하지 않더군요. 관계를 지속시킨 사람은 나였고, 나는 그 이상을 원한다는 걸 깨달았고, 결국 시간낭비를 하지 않게 되었으니 얼마나 다행한 일이에요! 코리나

그렉의 말을 믿지 못하겠다고?

앙케트에 참여했던 남자 100퍼센트가 '가까워지는 것에 대한 두려움' 때문에 여자와 사귀지 않는 경우는 없다고 대답했다. 그런 두려움은 선입견에 불과하다고 말하는 사람도 있었다. 또 어떤 사람은 "여자한테 반하지 않았을 때 그런 핑계를 댄다"고 했다.

이것만은 꼭 알아두자!

- ✔ 남자들은 여자가 듣기 싫어하거나 믿지 않으려 해도 자신의 감정을 말한다. "심각한 관계는 싫어"란 말은 "당신과는 심각한 사이가 되고 싶지 않아"이거나 "난 당신에게 반하지 않았어"란 뜻.
- ✔ '없는 것보다는 낫지' 정도로는 불충분하다!
- ✔ 둘 사이가 어떤 상태인지 궁금하다면, 멈추고 물어봐라.
- ✔ 애매하다고? 그건 좋은 소식이 아닌데?
- ✔ 자신이 당신의 애인이라며 세상에 대고 떠들고 다니고 싶어하는 남자! 그가 저기 어딘가에 있다. 엉뚱한 남자 주위를 뱅뱅 맴돌지 말고, 나가서 그 남자를 찾을 것. 제발!

연습해 볼 것

충고를 하는 일은 어렵지 않고, 사실대로 말하자면 재미도 있다. 우리는 자기 자신에 대해 알아봤다. (리즈가 그랬다는 말이다.) 이제, 다 함께 배운 대로 따라해보자! 다른 사람보다 더 많이 안다고 느끼는 것도 즐거운 일이니까!

이 책을 구입하신 예쁜 여자분께(바로 당신에게)

나는 두어 달째 한 남자와 만나고 있어요. 그런데 공식적인 데이트는 한 번도 하지 않았죠. 그는 언제나 어느 바나 친구 누구네 집 같은 데서 만나자고 해요. 섹스할 때 말고는 나랑 둘이서만 있고 싶지는 않은가 봐요. 난 그와의 섹스를 좋아해요. 많이. 그러니까 조급해 하지 말고, 그가 나를 더 잘 알게 되어 나한테 진짜 반했다는 걸 깨달을 때까지 계속 이렇게 만나면 되지 않을까요?

답 :

당신이 제대로 대답했다면, 이 사랑스런 여자에게 엉뚱한 생각 당장 집어치우고 피자 한 조각 때문에라도 달려올 남자를 찾으라고 조언했다면, 당신은 이런 문제를 어떻게 해결해야 하는지 잘 알고 있다. 그 지혜는 여러분의 머릿속에 자리잡아 오랫동안 없어지지 않을 것이다. 자신의 일이 아닐 경우에 상황을 제대로 파악하기가 더 쉬운 법이다. 이제 잘 알았으니, 자신에게도 적용할 수 있을 거고.

Part 4

당신과 섹스하지 않는다면,
그는 당신에게 반하지 않았다

남자는 좋아하는 여자를 만지고 싶어한다. 언제나!

여러분은 지금까지 많은 남자들을 만나왔고 앞으로도 역시 그럴 것이다. 이런 말 하기는 싫지만, 그 남자들 중 몇 명은 당신에게 매력을 느끼지 못할 것이다. 난 당신이 멋진 여자라는 걸 잘 알지만, 모르는 남자도 있기 마련이니까. 신디 크로포드한테도, "뭐가 그렇게 대단하다는 건지 모르겠네"라고 말하는 남자들이 있으니까.

당신한테 반하지 않은 남자들 또한 자신이 그렇다는 말은 절대 하지 않을 것이다. 그들이 하는 말이라고는 아마…… "나, 사실 두려워", "난 상처가 깊은 남자거든", "너무 피곤해서 생각할 겨를이 없어", "마음이 아파서 다른 생각을 할 수가 없군", "나, 지금 많이 힘들거든" 따위일 것이다. 하지만 진실은 단순하고 몰인정하며 분명하다. 그는 당신한테 반하지 않았지만 상처를 주기도 싫어한다는 것.

남자는 여자한테 반하면, 그 여자의 몸에서 손을 떼기 힘들어 한다. 정말 아주 간단한 얘기다! 남자가 당신의 옷을 벗기려 들지 않는다면, 당신한테 반한 게 아니다.

'상처받게 될까 봐 두려워하고 있어'

그렉에게

10년 전에 만나던 남자친구가 있어요. 최근에 길에서 우연히 부딪치는 바람에 다시 만나게 되었죠. 우린 '데이트'를 시작했어요. 둘의 관계가 어떻게 진행될지 분명하지 않았지만. 그는 나에게 키스하지 않았고 내 몸을 더듬으려고 하지도 않아요. 하지만 그렉, 우린 만나서 살사 댄스를 추러 가기도 하고 이곳저곳의 술집에도 함께 가요. 밤늦은 시간까지 밖에 있으면서, 즐겁게 이야기를 나누고 춤추고 웃고 시시덕대죠. 그는 나에게 "정말 예쁘군", "당신을 만나니까 정말 좋아"라고 끊임없이 이야기해요. 어느 날 밤에는 날 사랑한다면서, 내가 언제나 자기 인생에 있어주면 좋겠다는 말까지 했어요. 내 친구들은 모두 그가 다시 상처받을까 봐 두려워하는 거라면서, 이번에는 내가 끝까지 밀고 나가야 한다고 충고하지요. 그는 정말 좋은 남자거든요. 나한테 반하긴 했지만 두려워서 그런 것 같지 않은가요? 새벽 4시까지 살사를 춘다고요, 그렉. 살사 댄스를요. 조언 부탁해요.

니콜

'살사 댄서' 님께

난 남자예요. 난 당신을 좋아하면 키스할 겁니다. 속옷만 입은 당신, 아니면 완전히 벗은 당신의 모습을 상상할 거예요. 난 남자니까요. 남자는 그래요. '만약'이나 '아니' 같은 건 없어요. '하지만'은 더더욱 없고요. 그가 두려워한다고요? 맞아요, 당신의 감정을 다치게 할까 봐 두렵겠지요. 그래서 명확하게 관계를 밝히지 않는 겁니다. 당신에게 깊은 감정을 갖게 되기를 바라면서 시간을 끌고 있는지도 모르지요. 당신을 사랑한다고, 연락이 끊기는 걸 원치 않는다고 말한다고요? 그런 말이야 고등학교 졸업할 때 친구들도 하잖아요. 그는 당신을 '친구'로 사랑하는 겁니다. 진짜 사랑한다면, 연인관계에 빠져 들지 않을 수가 없거든요. 두렵다거나 아픈 과거 따위랑은 상관없이 말이에요. 거기서 지금 당장 빠져나오십시오! 당신의 사랑과 화끈한 살사 댄스를 맛볼 자격이 있는 남자를 찾으세요.

남자가 우정을 넘어 '다음 단계'로 넘어가기를 꺼리는 이유는 이것저것 많이 있다. 무슨 이유인지, 납득할 만한 이유인지는 상관없이 말이다. 요컨대 남자가 당신과 더 '가까이' 있는 걸 상상할 때는(고백컨대 우리 남자들은 그런 상상을 많이 한다), 동작을 멈추고 "이런!"이라고 중얼댄다. '그의 상실감' 운운하지 말고, 그런 생각하느라 더는 시간낭비도 하지 마시길.

'너무 사랑하니까 지금은 안 하려는 걸 거야'

그렉,

어떤 남자랑 한 달째 사귀고 있어요. 섹스도 좋았고요. 애인 사이가 '되나 보다' 했는데, 그 즈음부터 섹스가 중단됐어요. 그의 집에서 함께 밤을 보내긴 했는데, 결국…… 잠만 자고 온 게 벌써 네 번째군요. 끌어안기는 했지만 딱 거기까지예요. 이상하게도 더 이상은 섹스를 하지 않게 되네요. 왜 그러느냐고 물어보고 싶어도 자존심 상해서, 그가 나를 진짜로 사랑하게 되어서 그저 겁내고 있는 거라고만 짐작하고 있어요.

샐리

'포옹만 하는 여자' 님께

한 달이라고요? 한 달이요? 하하~ 지금 농담하는 겁니까? 그 정도라면 섹스할 때 뭘 입는 게 좋은지, 어떤 체위가 좋은지, 윤활유를 쓸지 말지 등을 편하게 얘기할 때인데요. 한 달이요? 그가 지루해 할 일은 오직 어떤 방법으로 당신을 자극할지 궁리하는 것뿐이고요. 딱 한 달밖에 안 지났으면, 그는 그런 것에 물리지 않았을 겁니다. 이제 용기를 내서 어떻게 된 건지 물어보는 것도 나쁘지 않겠군요. 하지만 내 짐작으로는, 당신이 벌써 답을 아는 것 같은

데요. 박차고 나가서, 그가 왜 섹스를 안 하는 건지 설명하게 만드세요. 그가 제대로 대답하지 않으면, 어떻게 해야 하는지 잘 알고 있죠?

에구구, '가까워지는 것에 대해 두려워하나 봐' 라는 주제가 또 나오네. 그런 게 있기나 한 걸까? 사실 그 때문에 심리치료를 받는 사람도 많고, 그와 관련된 심리학 도서도 많이 있기는 하다. 어처구니없는 짓을 저지르고 그걸 핑계로 삼는 경우도 많고 말이다. (우린 이미 몇 페이지 앞에서 그것과 관련된 앙케트 결과까지 밝혀두었다.)

물론 과거에 큰 상처를 입어서 가까워지는 것에 대해 두려워하는 사람은 많이 있다. 하지만 아시는지? 남자가 진짜 당신에게 반하면, '친밀감에 대한 두려움' 뿐만 아니라 그 무엇도 당신과 같이 있고 싶어하는 마음을 막지 못한다는 것을. 그런 게 문제가 된다면 달려 나가 심리치료를 받을지언정, 당신을 어둠 속에 그냥 팽개쳐 두지는 않을 것이다.

‘함께 있기만 해도 너무 좋아’

그렉에게

처음 만난 날 그 남자는 나에게 자신은 한 여자와만 사귈 수는 없는 스타일이라고 말하더군요. 일부일처제 따위는 안 믿는 사람이라고요. 난 어쨌든 상관없다고 생각하고 그와 밤을 보냈어요. 그러고 나니 그와 사귀는 게 별로라는 생각이 들어서 곧바로 그만 만나자고 말했어요. 그런데 그후에 그가 그리워지기 시작하는 거예요. 그래서 지금은 ‘괴상한’ 짓을 하고 있어요. 그와 함께 어울려 다니고 데이트도 하고, 그의 집에 자러 가기도 하고요. 우린 잘 때 그냥 껴안고 있기만 해요. 난 그게 정말 좋아요, 그렉. 같이 저녁식사를 준비하고 텔레비전도 봐요. 정말 느긋한 시간을 보내거든요. 그러고 있으면 그와 정말 친한 느낌이 들어요. 그는 아무 짓도 하지 않고, 단지 같이 있는 것만 즐기죠. 더 이상을 기대하면 안 되는 걸 알지만, 마치 내가 그의 애인이 된 것 같은 기분이 드는 거예요. 이런 관계가 어떻게 바뀔지 모르겠네요. 하지만 그와 밤을 지내고 같이 잠에서 깨어나는 게 얼마나 근사한 일이라고요! 내가 잘못된 건가요?

팻

'파자마 파티' 님께

어디 한번 따져봅시다. 그 남자가 당신만 사귀고 싶지 않다는 말을 듣는 것이 힘들지 않았나요? 그가 다른 여자와 섹스할지 모르는데도 당신은 계속 만나면서 스스로 상처를 더 깊게 하는군요. 이제는 그의 애인인 것 같은 기분마저 든다고요? 맙소사! 애인 같은 구석이 없잖아요? 섹스도 안 하잖아요? 당신 감정을 놓고 과학 실험이라도 하고 있는 겁니까? 오, 내 말을 오해하지는 말아요, 퀴리 부인! 좋아하는 사람과 같이 잠들고 같이 깨어나는 게 기분 좋은 일이라는 거 나도 알아요. 하지만 그건 애완동물도 해주는 일이라고요. 애완동물들은 "외롭다고 엉뚱한 짓은 하지 말아라!"라는 신의 말씀인 셈이에요. 당신의 남자를 다른 여자와 나눠 갖는 게 멋진 일은 아니라는 걸 스스로도 잘 알 텐데요. 그렇게 하는 당신 역시 멋진 게 아니고요! 당신은 섹스를 할 만큼 안정감이 느껴지는 남자를 독차지할 자격이 있는 여자라고요!

칼자루를 쥐고 싶을 때 여자들이 섹스를 거부한다는 오랜 속설이 있다. 남자도 또한 같은 게임을 할 수 있을 것 같기도 하다. 하지만 공짜로도 친밀감을 얻을 수 있는데, 누가 돈을 주고 상대를 사겠는가? 이건 아주 간단한 이치다. 동성애자가 아닌 이상, 남자가 여자랑 나란히 누워 과자를 먹으면서 옛날 영화나 보는 것으로 만족한다면, 그는 그녀한테 반한 게 아니다.

'내가 섹시하지 않은가 봐'

그렉에게

1년 반이나 사귄 남자친구가 나한테 매력을 느끼지 못하나 봐요. 섹스를 자주 하려고 하지 않거든요. 2주에 한 번? 그것도 내가 먼저 시작해야 하는 때가 더 많고요. 왜 그러느냐고 물어보면, 회사에서 스트레스를 너무 많이 받아서 그런 것 같다고, 나한테 정말 매력을 느낀다고 대답하죠. 그러기 전에는 어머니가 돌아가신 지 얼마 되지 않아서 상심한 탓에 그렇다고 했고요.

그런데 잘 생각해 보니, 만난 후 계속 이런 식이었던 것 같아요. 맨 처음 2주 정도는 그가 나한테 완전히 빠졌다는 생각이 들었는데, 그 다음부터는 육체적으로는 별 매력을 못 느끼는 것 같았어요. 나는 그를 사랑하거든요. 섹스 문제만 빼면 어디로 보나 아름답고 건강한 관계고요. 하지만 너무 속상해서 스스로를 매력 없는 여자라고 생각하면서 보내는 시간이 많아요. 친구들은 그의 말을 그대로 믿으라고 하고요. 하지만 그가 나한테 그다지 반한 게 아니라는 느낌이 어쩔 수 없이 자꾸 들기 시작하네요. 뭐, 육체적으로는 말이에요.

대러

'육체적인 여자' 님께

난 여자한테 반하면 그녀와 섹스를 하고 싶어해요. 계속 그래요. 그러니 오랜 시간을, 어쩌면 평생을 같이 보내고 싶은 사람을 구할 때는, 내가 원하는 일을 같이 하고 싶은 사람을 얻으려고 애쓰기 마련이지요. 거기에는 섹스도 포함될 거고요. 상대방의 변명을 고스란히 인정할 수도 있겠지만, 그러기 전에 자신에게 물어봐야 될 겁니다. 내가 맺고 싶은 관계가 과연 이런 것이었나? 이게 평생 동안 하고 싶었던 성생활인가? 그 남자가 당신에게 반했을 수도, 또 아닐 수도 있지만, 당신 스스로 대답해야 할 질문은 바로 이겁니다. 그런 감정을 느끼고 싶은지? 영원히?

이집트인들은 섹스를 주제로 그림을 그렸고, 인도의 요가 수련자들은 섹스와 관련된 책을 썼으며, 유대인들은 섹스와 관련된 법을 만들었다. 모두 건강한 결합의 강력한 요소로서 섹스를 손꼽았다. 섹스를 하는 것은 삶의 큰 기쁨으로 여겨진다. 당신은 그걸 막는 남자와 데이트하고 싶지는 않겠지?

아주 단순한 진실

섹스하는 법을 배워서 열심히 해보고, 그리고 그걸 좋아하고 사랑할 것. 누군가가 당신을 좋아하면, 그는 당신과 섹스를 하고 싶어할 것이다. 사귀는 기간이 길어지면 관계가 다소 느슨해질 수도 있지만, 그렇다 하더라도 섹스는 남자와 여자 사이에 있어 기쁨이자 선물이다. 여러분에게는 환상적인 성생활을 누릴 권리가 있다.

♀ Liz 여자들이 어려워하는 이유

그렇다, 지금 하고 있는 건 섹스 이야기다. 섹스에 대해 말하고, 섹스에 대해 묻고, 섹스를 요구하고……. 칫, 진짜 웃기군. 나는 여러분에 대해 잘 알지 못하지만, 이렇게 믿고는 싶다. 남자가 정말 나한테 끌리지 않아서 섹스를 피하는 건 아니라고. 오히려 모든 게 너무 두려워서, 스트레스가 너무 심해서, 너무 슬퍼서, 영혼이 너무 맑아서, 너무 화가 나서, 몸이 너무 둔해서, 정말 미쳐버릴 것만 같아서, 옛 애인이 너무 생각이 나서, 고민이 아주 많아서, 피부를 너무 심하게 태워서, 어머니를 너무 사랑해서, 누군가를 너무너무 죽이고 싶어서, 이러쿵저러쿵, 너무 어쩌고저쩌고 해서 그런 것뿐이라고.

사실대로 말하면, 내가 사귀는 그 남자가 날 그다지 좋아하지 않아서 섹스를 피한다고는 믿고 싶지 않다는 말이다. 우리 여자들은 섹스에 대해 이야기하면서(당황스러워 한다), 감정을 섞고(속상해 한다), 자신의 불안감을 섞기(악몽이다) 때문에 무척 혼란스럽다. 오래 사귄 경우에는 섹스를 하지 않게 된다고 종종 들었다. 그러니까 원하는 시점보다 일찍 안 하게 됐다고 한들, 뭐 그리 대수일까? 나와 조화를 이룰 수 있는 그 남자가 좋은 사람이고 훌륭한 아빠가 될 가능성도 많다는 사실이 더 중요한 거 아닌가? 내가 틀렸나?

사실 이건 심리적으로도 상당히 복잡한 사안이고, 말하기도 괴로운 주제다. 그래서 나란히 잠만 자는 걸 좋아하는 남자와 사귀고 싶은 마음이 들기도 했다. 혹은 성욕이 그다지 많지 않은 남자를 애인으로 삼고 싶기도 하다. 그런 남자도 같이 있으면 즐거우니까. 별다른 이야기 안 하고 섹스할 생각도 없는 남자 옆에서 편하게 잠만 잘 수도 있을 것 같았다. 아니면 내 애인이 되고 싶긴 해도 내 벗은 몸을 보는 데는 흥미가 없는 듯한 남자와 데이트하는 것도 좋을 것 같았고. 단짝친구 같은 근사한 남자와 평온한 결혼생활을 할 수도 있을 것 같았다.

그런데 무진장 행복해 하는 커플을 만난 다음부터 생각이 확 바뀌었다.

길거리에서 착 달라붙어 야단법석을 떠는 그런 커플을 말하는 게 아니다. 문을 닫으면 그들이 어떻게 변하는지 아무도 모르니까. 내가 말하는 그 커플은 나와 정말 친한 친구들로, 일과 직장과 사랑과 아이들이 조화를 이루는 생활을 하고 있다. 섹스도 하는데다 사랑이 한껏 넘치는 관계를 유지하는 그런 커플. 내가 그들을 보고 '그게 뭐 어쨌다고 이 난리람?'이라고 생각하는 사람이라면, 남자를 대충 만날 수도 있을 것이다. 그런데 난 그런 타입의 여자가 아니다. 그런 커플을 보면 '아, 나도 저렇게 되고 싶어'라고 생각하는 여자니까.

진짜 미칠 것만 같다. 그건 내가 남자에게 매우 곤란한 질문을 하는 타입의 여자가 되어야 한다는 뜻이고, 더 나쁜 것은 아무리 좋은 남자라도 섹스를 원하지 않는다면 헤어져야 한다는 뜻이니까. 하지만 지금 내가 할 수 있는 말은, 나는 나에게 홀딱 반해 있는, 그리고 날 사랑하는 멋진 남자를 얻을 수 있다는 믿음을 안고 살고 있다는 것이다. 물론 시간이 지남에 따라 관계가 시들해질 수도 있겠지만, 그렇더라도 서로 매력을 유지하려고 애쓰는 것을 우선으로 삼을 수 있다고 믿는다. 여러분도 나와 같은 고민을 안고 있다면, 옆에서 잠만 자는 남자한테서 베개를 빼앗고 과자와 우유도 치워버리는 게 좋을 거다. 우리는 파자마 파티 정도로는 만족하지 못하니까.

♂Greg 여자들이 이런 모습이면 좋겠다!

어떻게 알았느냐고는 묻지 마시길. 그런 건 말하고 싶지 않으니까. 어쨌든 자녀 양육, 질병, 노화, 스트레스 많은 직장일, 짜증스런 일상, 즉 수많은 인생살이를 두루 거친 70대의 내 부모님은 아직도 성생활을 즐기고 있다. 이건 분명한 사실이고. 내 부모님이 할 수 있다면, 당신과 당신의 애인도 할 수 있다!

🏆 난 성공했어!

난 회사에서 만난 남자와 사귀었고, 우리는 같이 보내는 시간이 많았어요. 그와 함께 일한다는 사실이 정말 로맨틱했죠. 일이 끝나면 우린 데이트를 했고, 헤어질 때는 굿나잇키스! 두 달 정도 그렇게 보냈어요. 그 사이에 그의 가족들도 만났고, 그와 이런저런 일을 같이 하면서 앞으로의 계획도 세우곤 했죠. 진지하게 사귀고 있는 것 같았는데, 사실 섹스는 없었어요. 그 남자가 여자와 오래 사귀어본 경험이 있다는 걸 알고 있었기 때문에, 우리의 관계를 천천히 진행시키고 싶어하는 거라고 짐작했죠.

그런데 석 달째 접어들면서 문득 깨달았어요, 그렉. 그가 나를 가깝게 느끼기는 하지만, 육체적으로 가까운 것은 전혀 아니라는 것을요. 용기를 내어 계속 이렇게 지낼 거냐고 물었더니, 그는 더듬더듬 관계에 대해 횡설수설하더군요. 더 깊이 관계를 맺는 게 두렵고 어쩌고 하면서요. 나는 그 자리를 박차고 나왔죠. 그가 아무리 잘해주더라도, 우리가 아무리 가까운 척하더라도 그는 나에게 반하지 않았다는 걸 깨달았으니까요. 그리고 난 그 이상을 원한다는 것도 알고 있고요.

도리

그렉의 말을 믿지 못하겠다고?

앙케트에 참여한 남성 20명 가운데 모두가 주저없이 대답했다(이메일로 조사한 것이긴 하지만, 다들 확신 있는 대답을 보내주었다). 좋아하는 여자랑 자고 싶지 않은 적은 '한번도 없다'고. 한 사람은 이런 답변을 보내왔다. "뭐라고요?! 다시 한 번 말해 볼래요? 말도 안 되는 소리!"

이것만은 꼭 알아두자!

- ✔ 사람들은 늘 자신의 본모습을 말한다. 남자가 한 여자로 만족하지 못한다고 말하면, 여자는 그 말을 믿어야 한다.
- ✔ 영혼의 동반자도 좋지만, 섹스도 하는 영혼의 동반자는 더더욱 좋다. 친구는 친구일 뿐이다. 얼른 나가서 당신을 만지고 싶어 몸살 날 지경인 남자를 찾아보시기를.
- ✔ 자존심이 구겨져버리면 새 남자를 찾는 데 오래 걸릴 수도 있으니, 자존심을 꼿꼿하게 세우는 것을 최우선으로 삼을 것.
- ✔ 수많은 밤을 뭔가 껴안고 보내고 싶은 마음이 생긴다면, 당장 강아지를 사라.
- ✔ 멋진 당신과 뜨거운 밤을 보내고 싶어하는 사람이 저기 어딘가 있음을 명심하기를.

연습해 볼 것

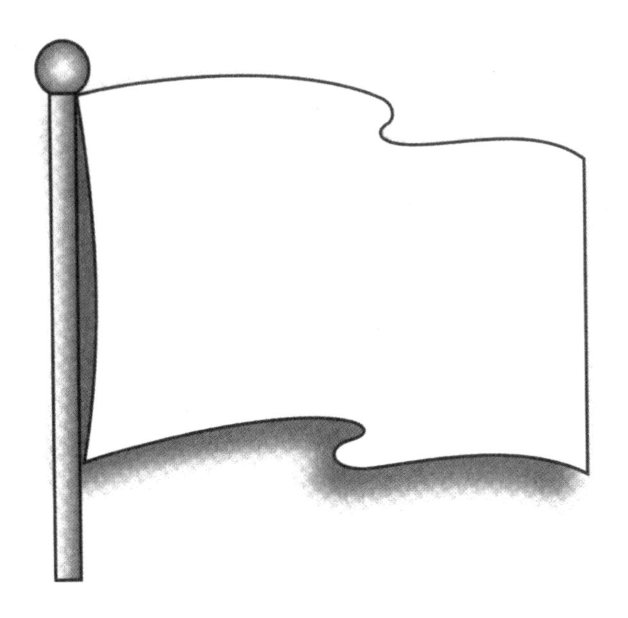

빨간색 크레파스를 준비하자. 위 깃발에 색을 칠해라.
당신은 지금 마악, 커다란 빨간 깃발을 만들었다.

잘했다. 당신은 당신과 섹스를 하고 싶어하지 않는 남자에게 흔들어 댈 깃발을 만든 거다. 이제 크레파스를 내려놓고, 사랑을 찾으러 뛰어 나갈 것.

Part 5

다른 여자에게 한눈판 남자라면,

그는 당신에게 반하지 않았다

남자가 거짓말해도 될 만한 구실 따위는 세상에 없다

남자가 당신을 속이면, 죽지 않을 만큼 두들겨 패서 저 멀리 내다 버려라. 하하, 농담이다. 그게 그렇게 간단하지 않다는 건 나도 잘 알고 있다. 아주 미묘한 주제라는 것도 인정하고. 누군가는 "그저 섹스 한 번 한 걸 가지고 뭐 그리 요란을 떨지?"라고 말할지도 모른다. 상대방이 저지른 단 한 번의 실수 때문에 귀중한 관계를 내던지면 안 된다고 말하는 사람도 있을 것이다. 어쩌면 모두 맞는 말일지도. 하지만 내 생각은 이렇다. 두 사람 사이에 무슨 문제가 있든, 그것 때문에 남자가 다른 여자와 잔 건 아니라는 점이다. 그에게 "내가 뭘 잘못한 거야?"라고 묻지 말길. "사실 나에게도 잘못이 있지, 뭐"라고 하지도 말라. 남자가 "어쩌다가 그렇게 되어버린 거야"라고 말하더라도, 제발 기억하기를. 당신을 속이는 것은 '어쩌다 그렇게 되지는' 않는다는 사실을 말이다. "어머나, 미끄러지는 바람에 다른 여자랑 섹스해 버렸네" 같은 사고는 절대 일어나지 않는다는 것을. 그건 전부터 계획한 거고, 당신과의 관계가 끝날 수도 있다는 걸 뻔히 알면서 벌인 일이다. 휴우.

꼭 알아둘 것! 당신 모르게, 당신의 허락 없이 다른 여자와 섹스하는 것은, 당신한테 반하지 않은 정도의 행동이 아니다. 그건 당신을 조금도 좋아하지 않는다는 증거다.

'잘못했다고 비는데, 어쩌지?'

그렉에게

1년 전부터 남자친구와 함께 살고 있는데, 최근에 그가 회사 동료와 같이 잔 적이 있다는 걸 알게 됐어요. 한 달 전쯤에 두 번이나 그랬다는 거예요. (그 여자가 모임에서 만난 나한테 그걸 말해 줬고요. 제기랄!) 남자친구를 닦달했더니 솔직히 고백하더군요. 그 길로 나는 내 짐을 싸들고 친구네로 갔고요. 지금도 그는 계속 전화를 해서, 한 번만 봐달라고 매달리고 있어요. 왜 그랬는지 모르겠지만, 다시는 그러지 않겠다고 하면서요. 그는 정말 반성하고 있는 것 같아요. 어쩌면 좋죠?

피오나

'한 달 전 두 번' 님께

네, 어디 한번 봅시다. 그는 당신과 함께 살면서도 다른 여자와 섹스를 했어요. 게다가 당신은 그런 사실을 그 여자한테 들었고요. 마치 당신이 최후의 승자 같군요, 하하. 결혼식은 언제쯤 할 계획인데요?

자, 지금부터 그 일이 벌어진 시기의 당신 '가정'에 대해 이야기해 봅시다. 그 당시 그 남자는 다른 여자와 두 번이나 섹스를 했고,

집에 돌아와서는 당신과 한 침대에서 잤군요. 당신의 눈을 볼 때마다 비밀을 숨기려고 노력했을 거고요. 이 사실을 기억하세요. 그 남자는 고백하고 싶어서 한 게 아니었어요. '가정 파괴범'이 대신 말해 준 거죠. 그러니까 잘만 넘겼다면 이 멋진 배반의 1개월은 2개월, 3개월이 됐을 거예요. 어쩌면 '영원'이 됐을지도 모르고요. 그의 사과가 중요한가요? 당신은 그 남자가 미안해하고 있다고 믿을 수도 있어요. 그가 변할 거라고 믿을 수도 있고요. 하지만 내 책에서는 '거짓말', '속임수', '몰래 감추기' 같은 건 '여자에게 진짜 반한' 남자의 행동이 아닌, 그 반대로 보는걸요.

누군가를 속이는 건 나쁜 일이다. 왜 속이는지도 모르는 것은 더더욱 나쁜 거고. 빨간색 깃발 하나로 부족하다면, 두 개를 흔들어주는 건 어떨까? 왜 그런 짓을 하는지도 모르는 남자와는 절대 사귀지 말라.

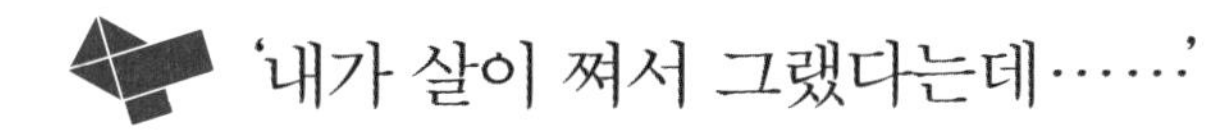

'내가 살이 쪄서 그랬다는데……'

그렉에게

2년째 한 남자랑 사귀었고, 이전까지는 모든 게 잘 풀리는 것 같았어요. 그러던 중 그가 고향집에 갔다오더니 이렇게 말하더군요. 술집에서 만난 여자와 밤을 보냈다고요. 난 너무 속이 상해서 왜 그랬느냐고 물었어요. 그는 내가 살이 너무 찌는 바람에 이제는 나에게 매력을 느끼지 못한다고 하더라고요. 아, 너무 혼란스러워요. 그가 한 말이 다 맞거든요. 난 그동안 10킬로그램 가까이 몸무게가 늘었다고요. 그와 헤어져야 할까요, 다이어트를 시작해야 할까요?

베스

'10킬로그램' 님께

당신이 빼야 할 것은 80킬로그램, 즉 당신의 형편없는 남자친구지, 당신 몸에 붙어버린 10킬로그램이 아니랍니다. 그는 당신을 속였고, 그러고 나서 당신을 '뚱땡이'라고 했어요. 자존심이 어디까지 곤두박질칠 수 있을까요? 몸무게를 핑계로 당신을 속이는 것은 비열한 짓이에요. 못됐어요. 물론 그런 변명은 통하지도 않고요. 두 사람 사이에 어떤 문제가 있다면 그것에 대해 대화를 해야지, 엉뚱한 여자와 그 짓거리를 하면 안 되지요. 만약 당신이 아이를 가져서 배가 불러오거나 나이 들어 얼굴에 주름이 생긴다면, 이번에는 그가 무슨 짓을 하겠어요? 그가 내켜 하지 않는 색깔로 머리를 염색한다면요? 이런 작자를 당장 걷어차지 않는다면, 내가 가서 대신 처리해 드리겠습니다.

'내가 섹스를 안 좋아해서 그랬다는걸'

그렉에게

1년 정도 사귄 남자가 있어요. 최근 그가 다른 여자와 잤다는 걸 친구에게 들었고요. 나도 아는 여자라더군요. 그에게 따져 물었더니, 내가 자주 섹스하는 걸 원하지 않기 때문에 다른 데서 했다고 말하더라고요. 그 말이 맞긴 맞아요. 그는 원하지만 난 별로일 때가 종종 있었거든요. 늘 그런 건 아니지만, 그는 나보다 훨씬 더 자주 섹스를 하고 싶어해요. 그러니까 어떻게 보면 그의 말이 다 옳은 거죠. 이제 그를 용서하고, 더 자주 하려고 내가 노력해야 할까요?

로레인

'자주 할 거야' 님께

지금 당장 당신이 해야 할 일은, 집에 남은 그의 옷을 꽁꽁 싸서 바깥으로 던져버리는 겁니다. 다른 여자와 잤다는데 변명 따윈 필요없어요. 이상 끝! 성욕이 다른 두 사람의 문제를 해결할 방법은 얼마든지 있어요. 어른답게 의논을 한 후 양쪽이 합의한 결론에 도달하는 게 보통 사람들이 하는 방식이죠. 그 남자가 당신도 아는 여자의 가슴에 뛰어드는 게 아니라요! 그 남자는 당신이나 두 사람의 관계를 존중하지 않았을 뿐 아니라, 자기 자신을 뜻 깊은 관계를 맺을 자격이 있는 사람으로 존중하지도 않은 겁니다. 그러니까 이건 "그는 당신에게 반하지 않았다"의 문제도 아닌 거예요. 당신이 스스로를 아끼고 좋아한다면, 그 남자한테 반하면 안 되는 상황이라고요. 끝장내버려요.

마지막 두 남자는 그래도 괜찮은 사람들에 속한다. 그들은 애인을 배신했고 여자들에게 굴욕감을 주었다. 그런 다음 자기 잘못이라고 말했다. 나쁜 짓을 저질렀다고, 자기가 나쁜 놈이라면서 말이다. 둘 사이에 문제가 생기면, 이렇게 하는 것이 영리하고 성숙한 방법이다. 벌어진 문제에 대해 대화하는 것. 남자가 눈을 딴 데로 돌려놓고, 당신 탓으로 몰아붙이는 꼴은 당하지 말라. 절대로!

'옛 감정이 되살아났다잖아'

그렉,

1년 정도 사귄 남자가 있어요. 우리는 서로 사랑하고, 서로 보살펴주지요. 그런데 최근 그가 1년 만에 헤어진 아내를 만났대요. (그 여자는 다른 남자를 따라서 그의 곁을 떠났죠.) 그들은 이혼한 지 2년 됐고, 다시 만난 두 사람은 같이 밤을 보냈어요. 나는 너무 화가 나서 헤어지고 싶었어요. 그런데 그는 새로 만난 여자도 아닌데 뭐 그렇게 화를 내느냐고 하면서 용서해 달라고 하고 있어요. 아내였던 여자 아니냐고요. 다시는 그런 일 없을 거라고 약속하겠대요. 그저 예전 감정이 되살아났는데 순간적으로 자제하지 못해서 그런 것뿐이라고요. 이런 일은 처음이라, 그리고 딱 한 번뿐이라 이쯤해서 그를 용서해 주고 싶지만, 마음속으로는 모든 게 엉망이 되어버린 기분이 들지 뭐예요. 궁금합니다. 그가 나를 진정으로 사랑하면서도 그런 짓을 할 수 있었을까요?

조이스

'엉망이 되어버린' 님께

도대체 누가 과거의 배우자를 섹스에 끌어들였죠? 그 남자가 그 여자와 결혼한 적이 있었기 때문에 '그 짓'을 해도 된다는 말입니까? 그렇다면 그는 스케일링해 준 여자와 섹스해도 되겠네요? 사진을 인화해 준 여자와 섹스를 해도 괜찮고요. 그 남자, 고등학교 동창회라도 가면 정말 큰일나겠구만요. 다시 말할게요. 그가 여전히 당신을 사랑하는지는 중요하지 않습니다. 그가 당신을 어떻게 생각하는지는 이 사건으로 인해 아주 확실해졌어요. 그보다 더 중요한 문제는, 당신이 앞으로도 그를 사랑할 수 있겠느냐는 겁니다.

남자가 감정을 갖는 것을 비판할 수는 없다. 누군가를 사랑하게 되면 헤어지고 나서도 좋은 감정은 남아 있을 수 있다. 그건 나름대로 좋은 일이다. 하지만 감정이 있다고 해서 꼭 섹스를 해야 하는 것은 아니다. 설령 감정이 남아 있더라도, 그런 감정은 사랑하는 사람에게 쏟아야 한다. 사랑하는 여자의 옷을 벗기고, 입을 맞추고, 함께 사랑을 나누어야 한다. 감정이 있는 건 어쩔 수가 없다. 다만 아무데서나 옷을 훌훌 벗는 건 곤란하다.

아주 단순한 진실

사귀기로 한 남자가 당신을 속인다면, 그는 둘이서 정한 아주 중요한 결정을 지키지 않기로 작정한 것이 분명하다. 당신 모르게 그런 짓을 벌인 거라면, 둘의 관계에 거짓말과 비밀까지 덧씌우는 셈이 된다.

속이는 건 뭘까. 그것은 바로 신뢰를 철저히 배신하는 것이다. 상대방을 속이는 사람들은 신경 쓸 일이 아주 많다. 그들은 당신의 시간과 감정을 갉아먹는다. 어떤 사람은 변명을 늘어놓고, 어떤 사람은 변명조차 안 한다. 심지어 당신 탓으로 돌리는 사람도 있다. 이런 경우처럼 아주 복잡하고 마음 아픈 일을 당했을 때 어떻게 하면 좋은지 아무도 말해 줄 수 없다. 하지만 꼭 짚고 넘어가야 할 건 있다. 이게 바로 당신이 원하던 관계인가?

♀Liz 여자들이 어려워하는 이유

연애 초기에 다른 여자와 잤다고 말한 남자를 두 번 만났다. (한 번은 내가 꿈속에서 그런 걸 보고 다그쳐 물었다. 그 남자는 진짜로 초조해 했다.) 어쨌든 두 번의 경험으로 내가 알게 된 것은, 그 남자들이 나에게 알려주고 싶어했다는 거다. 자신들은 신뢰할 수 없는 사람들이란 사실을. 그들은 나와 진짜로 사귄 게 아니었으며, 나에게서 도망갈 구멍을 파놓았던 것이다.

두 사람이 사귀기 시작할 때는 작은 일로도 관계가 흔들리곤 한다. '다른 사람과 섹스하는 것' 같은 큰일이 아니더라도 피어나기 시작한 관계의 불은 언제든 꺼져버리기 쉽다.

나라면 그런 상황을 이겨내지 못할 것 같다. 그래서 연애 초기에 남자가 한눈을 파는 것은, 나에게는 어려운 문제도 아니다. 하지만 상상력을 조금 발휘해 보겠다. 남녀가 처음 사귈 때는 둘 사이의 선이 분명치 않고 서로 지켜야 할 규칙도 명확히 정해지지 않은 시기일 것이다. 어쩌면 서로에게 성실해지기 전에 마지막으로 치르는 시험이 있을 수도 있다.

처음 사귈 때 남자가 다른 여자에게 관심을 두거나 '부적절한 관계'를 맺거나, 아니면 당신 모르게 옛 애인을 만나 섹스했다면, 그가 제정신이 아닐 때 어쩌다 한 번 실수로 한 것인지, 바람둥이 기질을 도저히 주체할 수 없어서 그랬는지 단번에 가늠하기 어려울 수도 있다. 만난 지 얼마 되지도 않은 남자를 속속들이 알 수는 없는 법이니까. 언제 어떻게 남녀관계에 시커먼 구름이 몰려 들지 도무지 짐작하기 어려운 법이니까.

연애란 바로 그런 것이다. 잘 알지 못하는 사람과 더 가까워지는 것을 실제로 경험하는 것. 그 사람이 사회적 지위나 개인적 가치, 또는 인간관계의 중요성, 명예로운 행동을 어떻게 생각하는지 우리는 알 수가 없다. 내가 그것에 대해서 얼마나 신경 쓰고 있는지도 모르고, 남자가 그것에 대해 어떻게 말할지 짐작하기도 어렵다.

그런데 연애 초기에 남자가 다른 여자와 했던 행위에 대해 이야기해야 한다면, 얼마나 슬프겠는가. 처음 사귈 때야말로 둘이 있는 게 가장 편안하고 포근하며, 서로에게 자신의 가장 좋은 점만 보여

줘야 하는 때인 것을. 난 우리 모두가 잘되기를 바란다. 진심으로 잘되기를.

♀ Liz 여자들이 이런 모습이면 좋겠다!

한 친구가 진짜 좋아했던 남자와 연애했던 이야기를 해줬다. 그 남자는 내 친구를 바람맞히고 난 다음, 전화로 용서를 구하면서 온갖 핑계를 늘어놓았다. 친구는 남자에게 꺼져버리라고 말했다. 기회를 준 건데 당신이 날려버린 거라면서.

내 친구가 자신을 속인 남자친구에게는 과연 어떻게 할까 상상해 보자.

추신 : 그 친구가 다음에 어떤 남자를 만났는지는 명백하다. 바람맞히지 않는 남자와 결혼해서 지금 여왕 대접을 받으면서 잘 살고 있다.

🏆 난 성공했어!

내 맘에 쏙 드는 남자를 만났어요. 어떤 도시에서 밴드로 활동하는 가수였죠. 사귄 지 몇 주일 지났을 때, 그가 연주 시간 후에 한 여자를 만나 섹스를 했다고 말하더군요. 몇 년 전의 나라면, '그는 가수니까 그럴 수도 있을 거야'라고 생각하고, 아무 일도 없었던 것처럼 그 말을 잊으려고 했을 거예요.

하지만 이번에는 잘했다고 말해 줬답니다. 당신이 하고 싶은 대로 다 하라고요. 그 대신 다시는 날 만나지 못할 줄 알라고 했죠. 기분 괜찮던데요!

에이델

그렉의 말을 믿지 못하겠다고?

앙케트에 참가한 남자 100퍼센트가 사고로 여자와 섹스한 경우는 없었다고 말했다. (하지만 그런 사고는 어떻게 일어나는 건지 알고 싶다는 사람은 많았다. 자기도 한번 당해 봤으면 좋겠다나, 뭐라나.)

이것만은 꼭 알아두자!

- ✔ 속이는 데는 변명의 여지가 없다. 다시 한 번 분명히 말하겠다. 속이는 데는 변명의 여지가 없다. 자, 이제 여러분도 따라해 보기를 바란다. 속이는 데는 변명의 여지가 없다!
- ✔ 다른 사람의 실수 때문에 내가 책임질 것은, 나 자신에 대한 것뿐이다.
- ✔ 속이는 것은 속이는 것에 불과하다. 누구와 같이 있었든, 몇 번을 속이든. 그런 건 중요하지 않다.
- ✔ 상대방을 속이는 것은 거듭될수록 점점 더 쉬워진다. 상대방의 신뢰를 저버리는 데 대해서는, 단지 처음에만 양심의 가책과 죄책감을 느낄 뿐이다.
- ✔ 속이는 놈은 잘되지 않는다. (나쁜 인간들이니까.)
- ✔ 속이는 놈은 자신만 속이는 것이다. 당신과 같이 있지 못하게 되니까.

연습해 볼 것

상대방이 둘 사이의 관계에 대해 만족하지 못할 경우 할 수 있는 일을 다섯 가지 제시해 보겠다. 다른 사람과 섹스하는 것은 여기에 포함되지 않는다.

1. 자신의 불만에 대해 말한다.
2. 자신의 불만에 대해 글로 쓴다.
3. 자신의 불만에 대해 노래한다.
4. 자신의 불만에 대해 이메일을 보낸다.
5. 자신의 불만에 대해 헝겊인형 공연이라도 한다.

불만을 가진 사람이 바로 당신이라면 어떻게 할 건지 다섯 가지만 적어보도록. (쉬운 것은 이미 다 말했지만, 그래도 생각나는 방법이 다섯 가지 정도는 있을 것이다.)

1.
2.
3.
4.
5.

당신이 쓴 것을 읽고 한바탕 웃은 다음, 속이는 남자를 차버리도록. 물론 내가 어떻게 하라고 구체적으로 말할 수는 없다. 그래도 사정없이 냅다 걷어차버려라.

Part 6

술기운에만 당신을 찾는다면,
그는 당신에게 반하지 않았다.

당신을 진실로 좋아하는 남자는 자신의 판단력이 말짱할 때 만나고 싶어한다

술을 마신 후 데이트하는 것은 정말 재미있는 일이다. 누가 모임에 술을 들고 오지 않겠는가? 술을 마시면 자신감이 생긴다. 갑자기 자신감이 밀려들면, 음담패설도 스스럼없이 하게 된다. 물론 다 좋다. 사람들 사이의 벽을 허무는 것과 진짜 친밀한 것을 혼동하지만 않는다면 말이다. 술이나 환각제에 취하면 분위기가 바뀌니까 자신의 솔직한 감정을 잃어버릴 수도 있다. 술 때문에 코끝이 빨개지면서 친밀감이 느껴지는 경우라면, 더 큰 문제를 가져오는 신호임을 명심하자.

'술 취한 그의 모습도 좋은걸'

그렉에게

당신 말은 너무 낡았고 촌스러워요. 뮤직비디오를 만드는 내 남자친구 기억하죠? 그 남자는 술 마시는 걸 진짜 좋아해요. 하는 일이 워낙 힘이 드는 만큼 긴장도 풀어줘야 하거든요. 게다가 술을 마시면 그는 무척 다정해져서, 나를 어떻게 생각하는지를 온갖 좋은 말을 다 끌어다가 잔뜩 해주죠. 정말 좋아요! 어떤 사람은 술의 힘을 빌려 자기 감정을 털어놓는 거라고 하지만요, 난 그런 건 아무 문제도 없다고 생각하죠! 솔직히 일을 마친 후 술 좀 마시는 게 무슨 문제가 되는지 잘 모르겠어요. 재미있잖아요. 늘 파티하는 것 같기도 하고. 그가 술 때문에 일을 못 하거나 하지는 않아요. 그저 나쁜 남자일 뿐이라고요. 난 그런 나쁜 남자를 좋아하죠. 그런 사람들은 짜릿하거든요. 당신은 너무 '범생'이에요.

니키

니키에게

니키! 니키! 니키! 당신이 남자친구를 끝내주는 사람이라고 생각한다는 거 잘 알아요. 술에 잔뜩 취해서 술집에서, "아, 내 사랑, 당신은 정말 아름다워"라고 혀 꼬부라진 목소리로 말하는 걸 좋아하는군요. "정말정말 사랑해. 당신은 내게 온 하늘의 선물이야"라고 하면서 팔을 둘러 꽉 안아주는 것도 좋을 테지요. 그가 술에 취한 상태로 사랑을 고백하면, 당신의 가슴이 얼마나 달아오를지 알 만하군요.

니키, 지금쯤은 이걸 알아야 된답니다. 남자가 취해서 하는 말은 다 믿으면 안 된다는 사실을요. 전에 만난 '나쁜 남자' 한테서 좀 배워둬요. 나쁜 남자가 나쁜 이유는, 그들한테 문제가 있기 때문이에요. 자기 자신을 존중할 줄 모른다든가, 시도 때도 없이 화내고, 스스로를 혐오하고, 어떤 사랑도 믿지 않는다든가 하는 그만의 문제를 안고 있는 겁니다. 그래, 맞아요. 그런 남자들일수록 더 멋지게 옷을 입고 근사한 차를 몰고 다니기도 하지요. 그래도 그런 남자가 좋다고요, 니키?

숙녀 여러분, 사랑과 애정에 대한 욕망 때문에 판단력을 흐리지는 말기를(위스키를 쭉 들이켠 것 마냥). 주정뱅이와 결혼하거나 함께 살거나, 주정뱅이가 겪는 고통을 다행히도 경험해 보지 않은 사람이라면, 술을 많이 마시는 남자를 만날 때 각별히 조심하기 바란다. 당신은 자상하고 애정 깊은 애인을 만날 자격이 있는 게 아니라, 자상하고 애정 깊고 '술에 안 취해 있는' 애인을 만날 자격이 있음을 명심하라.

‘중독된 것도 아닌데, 뭐 어때?’

그렉,

변호사인 남자친구는 매일 밤 마리화나를 피우곤 해요. 그럴 때도 평소와 똑같이 행동하고 말하지요. 그는 늘 그것에 취해 있기 때문에 안 그런 게 더 어색할 정도랍니다. 사실 그건 우리에게 중요한 일도 아니에요. 친구들은 마약중독자와 사귀는 나를 이상하게 봐요. 하지만 그가 중독자처럼 굴지도 않는데, 무슨 문제가 있나요? 그가 약에 취한 것하고 내게 반한 것하고는 아무 상관도 없잖아요. 안 그래요?

셜리

‘몽롱해도 좋아’ 님께

아니죠! 마리화나가 뇌에 미치는 영향에 대해 간단히 교육을 받고 넘어갑시다. 마리화나를 피우면, 뇌가 느리게 작용해서 주위 환경과 조화를 이루지 못하게 되고, 결국 내성적인 사람으로 변하게 됩니다. 감각도 무뎌지고, 게다가 현실감각은 아예 뿌옇게 변해버린다고요. 그러니까 그는 당신과 같이 있을 때 늘 약에 취해 있는 거군요. 다시 말하면, 그건 당신의 본모습이 아닌 모습을 더 좋아한다는 뜻이겠고요. 당신은 지금 당신의 본래 모습을 좋아하는 남자와 사귀고 있는 게 아닙니다. 그건 바로, 다른 방에 있는 당신을 더 좋아한다는 것과 같은 얘기죠. 그렇다고 그가 당신에게 반하지 않았다는 뜻은 아닙니다. 다만 당신보다는 마리화나를 더 좋아한다는 말이지요. 마리화나 때문에 체포되고 나면, 변호사 자격증을 잃어버리겠군요. 범죄자가 법정에 설 수는 없으니까요. 그러니까 적어도 당신이 같이 있어주면 좋겠네요. 그는 자신의 직업보다 마리화나를 더 좋아하는 사람이니까요!

속지 말도록. 남자가 술에 취해 비틀거리거나 바지에 오줌을 싸지 않는다고 해서, 당신과 함께 있는 순간을 조용히 품위 있게 보내고 있는 것은 아니다. 비록 사고는 치지 않더라도 술에 취해 있는 것은 그와 별반 다를 게 없다. 반드시 주의해야 한다. 당신에게도 좋지 않은 일이니까.

아주 단순한 진실

산다는 건 때때로 너무도 힘들고 고통스럽다. 그러니 함께 살아갈 짝을 찾는다면, 모든 것을 동원해서라도 떳떳하게 인생에 맞설 수 있는 사람을 골라야 한다.

숙녀분들께 한 말씀 더 드리겠다. '파티 좋아하는 남자'와 만나는 동안 당신의 음주나 흡연 강도가 더 심해졌다면 조심할 것. 이건 '일이 잘 안 풀리니 마셔서라도 풀자'고 할 상황이 아니다. 당신이 점점 과음한다고 해서 상대방이 점점 금주하는 것은 아니니까.

♀Liz 여자들이 어려워하는 이유

특이하게도 난 알코올중독자와 많이 사귀어봤다. 아마 그 당시에는 '술을 좋아하는 사람' 정도로 생각했던 것 같다. 그런 사람을 사귄 이유는 여전히 잘 모르겠다. 우리 집안에 알코올로 문제를 일으킨 사람은 없는 것 같다. 나 역시 술고래가 아니고. 그냥 난 그런 사람들이 재미있다고 생각하는 정도다. 어떤 건물의 옥상에서 있었던 내 친구의 결혼 피로연에서, 당시의 내 애인이 급수탑에 기어올라가 정신 없이 옷을 벗어젖히는 짓을 벌인 적이 있다. 흥미진진했다. 잔뜩 취한 그 남자가 자기 집 부엌에서 불꽃놀이 기구에 불을 붙인 적도 있다. 한바탕 웃으려고 그랬다나? 난 귀엽게 봐줬다. 그가 1주일간 자취를 감췄고, 여러 번 전화한 끝에 옛 애인의 집으로 들어갔다는 걸 듣고 참 웃긴다고 생각했다.

알코올중독자들의 행동에는 공통적인 특징이 있다. 아마 난 그런 것에 끌리는 것 같다. 내가 사귀었던 주정뱅이들은 하나같이 즉각적으로 반응했다. 재미있고 열정적이고, 영리하고 창의력 넘치고, 감정적으로 의지할 수 없고, 믿음직하지 않고, 무감각하고, 정직하지 않고 약간 폭력적이었다. 내가 좋아한 인간들이 그런 꼴이라니…….

그러니 그렉의 이 주장을 따르는 데 어려울 게 뭐 있을까? 별로 어려울 것도 없다. 다만 연애 초기에는 알코올이 많이 끼어든다. 첫 키스나 첫 섹스의 경우, 대부분의 남녀는 와인 두어 잔 마신 후에야 시작하니까. 그런 게 잘못이라는 말은 아니다. 내가 사귄 알코올중독자들 중 술을 입에 대지 않은 상태에서 그런 중요한 첫 순간을 맞이할 수 있는 사람이 얼마나 될까? 그에 대해 대답하기는 참 어렵다. 하지만 사실은…… 멋진 일이기도 하다. 로맨스가 정신을 말짱하게 해주었으니까.

긴장을 풀기 위해 두어 잔 마시는 것과 끊임없이 과음하는 것을 명확히 구분할 필요가 있다. 그렇다. 이제 알겠다. 그렉은 우리에게 알코올중독자나 마약중독자와는 사귀지 말라고 당부하고 있는 거다. 그건 너무나 당연한 조언 같다. 그렇지 않은가?

오, 알겠어요, 그렉. 그런 남자와는 절대 안 사귈 게요. 약속해요.

♀Liz 여자들이 이런 모습이면 좋겠다!

내가 아는 성공한 기업가는 하루도 안 빼고 밤마다 약에 절어 있었다. 때로는 아침에도 그랬다. 그는 그런 걸 좋아하지 않는 여자를 만났고, 둘이 사귀는 동안에 약을 줄이려고 노력했다. 어느 날, 그는 꿈에 그리던 여자를 만났다. 그녀는 그가 약을 먹는 걸 싫어했다. 결국 그는 약을 끊었고, 지금은 매일같이 말짱한 정신으로 지내면서 그렇게 된 걸 다행으로 여긴다.

🏆 난 성공했어!

난 정말 마음에 드는 남자와 사귀기 시작했어요. 우린 한 모임에서 만났는데, 그때는 둘 다 취한 상태였고 서로 한눈에 반했죠. 그 후 데이트를 시작했지요. 그 남자와 함께 있으면 난 너무 가슴이 떨려서(그만큼 그가 좋았으니까요) 평소보다 술을 많이 마셨어요. 그 역시 술을 좋아했기 때문에, 나는 그의 기분을 맞추려고 술을 더 마셨죠. 결국 난 우리가 만날 때마다 술을 마신다는 걸 깨달았어요. 예전 같았으면 일이 어떻게 돌아가는지 가만히 지켜봤을 테지만, 이번에는 용기를 내서 말했죠. 그는 내 말을 귀담아들었고, 이제부터 '정신 말짱한' 데이트를 하자고 둘이 합의했어요. 처음에는 어색하더니만 점점 더 좋아지더라고요. 용기를 낸 게 얼마나 다행한 일인지 몰라요!

네사

📢 그렉의 말을 믿지 못하겠다고?

앙케트에 참가한 남자 100퍼센트가, 진짜 반한 여자의 침대 위에 토해본 적이 없다고 응답했다. (이런 남자들은 재미가 뭔지 모르는 사람들이겠지. 하하.)

이것만은 꼭 알아두자!

- ✔ 그가 취하지 않은 상태에서 한 말이 아니라면, 믿어서는 안 된다. 포도주스보다 독한 것을 마신 상태에서 "사랑해"(또는 그 비슷한 말)라고 한 것은 법정에서도, 또 인생에서도 효력이 없다.
- ✔ 술이나 마약을 하면 깊은 감정에까지 이르지 못한다. 그게 아니라면, 왜 사람들은 감각이 있는지 알아보기 위해 맥주병을 머리에다 깨고, 손가락을 난로에다 집어넣는 걸까.
- ✔ 남자가 술 취한 상태에서 당신을 만나고, 이야기하고, 섹스하고 싶어한다면 그건 사랑이 아니다. 스포츠다.
- ✔ 나쁜 남자는 진짜로 나쁘다.
- ✔ 당신은 같이 있을 때 정신이 말짱한 사람과 사귈 자격이 있다.

연습해 볼 것

연애 초기에는 술을 많이 마시게 마련이다. 처음에는 상대방이 술을 마시지 않은 모습을 못 봤다는 것조차 깨닫지 못한다. 그게 문제인 줄도 모른다. 그래서 우리는 당신이 데이트한 날을 적어 넣으라고 작은 달력을 하나 만들었다. 남자친구가 취한 모습을 본 날은 어릿광대의 코에 빨갛게 색칠을 해보자. (환각제나 근육이완제 같은 약물도 포함해서.) 남자친구의 음주가 심한지 아닌지는 당신만이 판별할 수 있다. 하지만 어릿광대 달력을 보면서 그의 음주 습관을 똑똑히 볼 수는 있을 것이다.

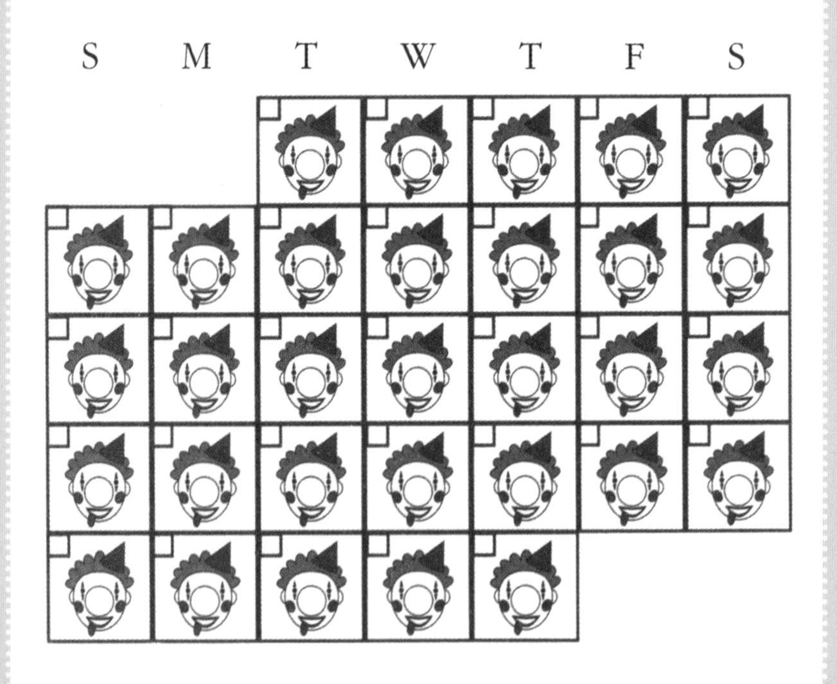

Part 7

결혼 이야기를 피한다면,

그는 당신에게 반하지 않았다

사랑은 정절 공포증을 치유해 준다

방금 생각난 게 있다. 당신들이 사귀었던 남자 중에서 결혼은 하고 싶지 않다거나, 결혼이란 제도 자체를 믿지 않는다거나, 결혼생활을 부정적으로 생각한다고 말했던 남자도 언젠가는 결혼할 것이라는 사실을. 단지 당신과 결혼하지 않을 뿐인 거다. 그는 결혼하기 싫다고 말한 게 아니라, 당신과 결혼하는 것은 원하지 않는다고 말한 것이니까.

결혼하고 싶어한다고 해서 문제가 있는 건 아니다. 당신은 결혼하고 싶은 마음이 들어서 부끄럽다거나, 욕심이 많다고 생각된다거나, '자유로움을 원하지 않는' 여자라고 느끼지 않아도 된다. 그러니 연애 초기부터 분명히 하기 바란다. 앞으로 꾸려갈

생활에 대해 같은 시각을 가진 남자를 선택하라. 그런 남자가 아니라면 얼른 다른 남자를 찾아보도록. 중대한 계획을 위해서는 중대한 조처가 필요한 법이니까.

'당장은 결혼할 수 없다던데……'

그렉,

남자친구와 같이 산 지 3년 정도 됐어요. 이제 난 서른아홉이 되었고, 얼마 전부터 장기적인 계획을, 그러니까 결혼에 대해 생각하기 시작했지요. 그가 결혼을 부정적으로 생각하는 건 아니지만, 그것에 대해 말하면 자신의 경제적인 형편이 지금 얼마나 안 좋은지 말하곤 해요. 프리랜서로 활동하는 투자은행가인데, 지난 2년 동안 자금을 많이 잃었고, 그래서 고객도 많이 떨어져 나갔어요. 사업이 진창에 처박힌 거죠. 그는 사업 때문에 주위의 압력이 너무 심하다고 말하곤 해요. 그와 나의 관계가 어디로 갈지 알고 싶어하는 내가 이성적이지 못한 건가요? 제발 알려주세요, 그렉.

바바라

'압력밥솥' 님께

그에게 한마디도 하지 마세요. 아주아주 조용히 있으라고요. 혹시나 이사해야겠다는 생각이라도 한다면, 지금은 '정말 중요한 시기'니까 거치적거리지 마세요. 그는 이 세상에서 '가장 중요한 인물'이고, 그의 사업은 나락에 빠지고 있으니, 그게 모두에게 중요하다는 걸 잊지 마세요.

이런! 도대체 당신은 무슨 생각을 하고 있는 겁니까? 당신은 당연히 알고 있어야지요. 그와의 관계가 어디로 갈지 말이에요. 당신이나 당신의 시간이 그럴 만한 가치가 없다는 겁니까? 3년이나 투자했으면, 당신의 장래가 어떻게 될지 알 권리가 있는 건 당연하다고요. 양심 있는 투자가라면 그도 내 의견에 동의할 겁니다. 지난 2년 동안에는 누구나 돈을 잃었어요. 주가가 곤두박질치고 경기가 나빴으니까요. 하지만 생각해 봐요. 아무리 좋지 않은 상황에서도 많은 사람들이 결혼을 해요. 두 사람 다 삼십대 후반이고, 3년이나 함께 살았는데도 그가 당신에게 아내가 되어달라고 애원하지 않는다면, 당신이 직접 주식시장을 파악해야겠네요. '다우존스' 씨는 당신한테 반하지 않았답니다.

경제적으로 결혼하기에 안성맞춤인 때란 없을 것이다. 샤킬 오닐(유명한 농구선수—옮긴이)이나 레이 로마노(영화배우이자 제작자—옮긴이)가 아니라면 말이다. 좋지 않을 때라도 사람들은 형편에 맞춰 결혼을 한다. 당신의 남자가 돈을 핑계로 청혼하지 않는다면, 안정적이지 못한 것은 그의 은행계좌가 아니라 두 사람의 관계다.

'돈 밝히는 여자들한테 너무 많이 시달렸어'

그렉에게

내 남자친구는 꽤 부자랍니다. 도널드 트럼프 정도의 갑부는 아니지만, 집안도 부유하고 자기 사업에서도 성공했어요. 그는성인이 된 이후 만났던 많은 여자들이 자신을 밥줄로 여겼다고 생각해 왔어요. 두어 달만 사귀어도 '결혼 재촉'이 시작되었다나요. 하지만 난 그렇지 않은 여자예요. 난 일을 하고, 부모님으로부터 독립해서 살고 있지요. 그에게 돈을 받은 적도 없어요. 그저 그를 사랑할 뿐이에요. 난 서른다섯이에요. 우리는 사귄 지 3년 되었고, 그 사이 2년은 함께 살았지요. 우리는 결혼에 대해서 이야기해 본 적이 없어요. 단 한 번도요. 그동안 들었던 그의 말로 미루어볼 때, 그는 결혼 이야기만 나오면 여자와 헤어졌던 것 같아요. 하지만 나는 다른 여자라는 걸 알 거예요. 돈이 많은 것이 비정상은 아니니까 난 그를 이해하려고 노력한답니다. 그런데 이용당할지도 모른다는 두려움이 그렇게 강할 수 있을까요? 아니면, 그가 나한테 반하지 않았다고 생각해야 할까요?

아를렌

'당신이 돈인데 그걸 모르는군요' 님께

아하! 그러니까 돈이 너무 많은 것도 결혼하지 않으려는 핑계가 될 수도 있군요. 몰랐네! 당신네 정신 나간 사람들이 다음에는 뭘 생각해 낼까요? 다시 한 번 반복해서 말하겠습니다. 당신은 당신 앞날에 대해 욕심을 낼 자격이 있어요. 당신이 맺고 있는 관계가 당신이 원하는 것에 가까이 다가갈지, 그러지 못하고 사라져버릴지 알 권리가 있다고요. 아무리 돈이 대단한 것이라 해도 당신들을 떼어낼 수는 없습니다. 남자가 헤어지자고 할까 봐 결혼 이야기를 꺼내는 것이 두려운 거라면, 그 남자는 돈뿐만 아니라 힘도 갖고 있다는 뜻이지요. 쩝, 나 개인적으로는 좀 씁쓸하네요. 그렇게나 운이 좋은 남자가 있다니! 그의 돈이나 과거의 관계 때문에 겁먹을 필요는 없습니다. 이제 '돈주머니' 씨가 당신에게 반했는지 알아보세요. '안쓰러운 부자 남자' 따위의 변명은 집어치우시고요.

나는 개인적으로 이렇게 생각한다. 꽤 오랫동안 사귄 사람에게 결혼 이야기를 어떻게 꺼내는 게 가장 좋을까 고민하는 것 자체가 좋은 일이 아니라고. 대다수의 남자, 혹은 내가 보기에 여러분이 만나면 좋겠다는 남자들이라면, 당신과의 관계를 어떻게 생각하는지 최대한 빨리 확인시켜 줄 것이다. 만약 남자가 그렇게 하지 않는다면, 그의 복잡한 감정과 갈등을 최대한 빨리 파악하길. 그리고 준비가 되면, 당신의 감정을 헤아리면서 함께 시간 보낼 남자를 찾아보기 바란다.

'결혼식만 안 하면 된다고?'

나는 서른셋이고, 한 남자와 2년째 같이 살고 있어요. 우리는 서로 사랑하고, 그는 나에게 잘해줘요. 더할 나위 없이 잘 지내고 있는 셈이죠. 나에 대한 그의 태도에는 문제가 없어요. 다만 그가 결혼을 원하지 않을 뿐. 그는 어려서 결혼했다가 실패한 적이 있대요. 그래서인지 이렇게 좋은 상태를 망치고 싶지 않다더군요. 내 생각엔 그가 결혼을 원하지 않는다고 해서 헤어지자고 하는 것은 미친 짓 같아요. 우리는 우리의 인생을 함께 나누고 있고, 지금은 아주 행복하거든요. 그는 아이를 갖는 것에 대해서도 긍정적이에요. 딱 하나, 결혼만 하고 싶지 않다는 거죠. 그가 나한테 반하지 않았다는 생각은 안 드는걸요. 단지 그가 결혼에 반하지 않은 것처럼 보일 뿐이에요.

린지

'상식적인 여자' 님께

그렇군요. 논란의 여지가 많긴 하지만 할 말은 해야겠군요. 아무리 이혼의 상처가 크더라도(전설적으로 클 수도 있다는 것도 압니다만) 평생을 함께하고 자녀를 같이 키우고 싶은 사람이라면, 결혼을 중요하게 생각하는 상대를 위해 이혼의 상처를 극복해야 할 겁니다. 그게 그가 해야 할 일이에요. 결혼이 거래를 깨는 것인지는 당신만이 결정할 수 있어요. 현재 당신이 행복해 하고 두 사람 모두 즐거운 삶을 꾸려 나가고 있는데, 당신이 그와 헤어져야 할지 말지를 내가 말해 줄 수 없는 일이니까요. 나는 이혼 경험이 없지만, 지금의 아내가 원했을 때 언제든 결혼했을 거라는 말은 분명히 할 수 있어요. 내 보수적인 관점으로 보면, 한쪽 다리를 걸친 것은 한쪽 다리를 뺀 것과 똑같은 것이랍니다.

결혼이란 우리 모두에게 부과된 전통이기 때문에 혹평도 많이 따른다. 당신이 결혼에 호감을 갖는 것만큼이나 누군가 결혼에 반감을 갖는다면, 그가 그 제도에 열의가 없다는 것만은 알아두도록.

'아직 결혼할 마음의 준비가 안 되었대'

그렉에게

그와는 스물세 살 때부터 쭉 사귀고 있어요. 난 지금 스물여덟이고요. 2년 전 그와 결혼에 대해 이야기했는데, 그때 그는 아직 준비가 안 됐다고 말했어요. 그래서 그 '준비'를 도우려고 함께 살기 시작했지요. 그는 항상 강조해요. 우리는 아직 젊고 시간도 충분하니까 그렇게까지 서두를 필요는 없다고요. 뭐, 어떤 면에서는 맞는 말이죠. 나는 이제 겨우 스물여덟이니까요. 더욱이 요즘은 더 늦게 결혼하는 경향도 있잖아요. 또 남자가 여자보다 늦게 철이 드는 면도 있고요. 어쨌든 그의 말을 믿고 싶긴 하지만, 얼마나 더 기다려야 할지 모르겠군요. 시간이 더 필요한 걸까요, 아니면 나와 결혼하는 것에 욕심이 없는 걸까요?

대니얼

'신의 제단에서 기다리는 여자' 님께

그의 말이 맞아요. 왜 서둘겠어요? 만난 지 5년밖에 안 됐는데요. 10년 정도 더 지나면 그는 당신에 대해 더 잘 알게 될 거예요. 두 사람에게 시간은 많아요, 그렇죠? 다만 10년 후에도 그가, "아직 준비가 안 됐어"라고 말할지도 모른다는 게 문제지요. 이런 말을 하고 싶지는 않지만, 당신이 불필요하게 서두르는 것 같다고 그가 생각하는 이유는 바로 이렇습니다. 당신이 평생 배필이라는 확신이 아직 없어서인 거예요. 그래요, 듣고 있기 어려울 줄 알지만, 10년 후보다는 지금 듣는 게 나아요.

이제 결정할 때군요. 그와 같이 있으면서 계속 그의 복 많은 아내 자리를 위해 오디션을 보든지, 나가서 다른 사람을 찾든지 마음대로 하시라고요. 당신을 평생을 함께할 최고의 여자라고 느끼는데 10년, 20년씩 걸리지 않을 사람도 분명 있으니까요.

준비가 안 됐다는 것. 가장 자주 써먹는 핑계인데도 언제나 잘 통하는 것 같다. 여자들은 애인이 '준비된 남자'가 될 때까지 기다리는 걸 좋아한다. 그대들 여성들은 기다림을 즐기는 것 같다. 그렇게 많이들 기다리는 걸 보면 말이다. 여자들은 생리적인 시계가 똑딱똑딱 흐르고 있는데도 한없이 기다리곤 하는데, 나는 그런 걸 모순이라고 생각한다. 우리는 5년이나 8년씩 사귀고도 결혼은 아직 하지 않은 커플이 있다는 걸 알고 있다. 그 커플이 결국 잘되지 못한다는 것도 경험으로 충분히 안다. 그러니 기다림을 끝내고, 당신을 사랑하고 싶어 몸부림치는 남자를 찾아보는 게 어떨까.

'결혼생활에 자신이 없다고 하는걸'

그렉,

당신은 바보 같은 말만 하는군요. 내 애인인 뮤직비디오 프로듀서 기억하죠? 그는 결혼 자체를 안 믿는다고 하더군요. 하지만 그건 정신질환을 앓는 어머니 때문이에요. 또 그의 부모가 완전히 정신 나간 결혼생활을 한 때문이기도 해요. 그는 곧 내가 자기 엄마 같은 여자가 아니라는 걸 깨달을 거예요. 난 그가 언젠가 내게 청혼하리란 걸 믿으니까, 그의 말은 귓등으로 흘려듣지요. 게다가 당장은 나도 결혼할 준비가 안 돼 있거든요.

니키

니키,

당신이 '미스터 뮤직비디오 스필버그'와 결혼할 준비가 되어 있지 않다니 좀 아쉽군요. 엄청난 관계를 오랫동안이나 쌓은 사이 같은데 말이에요. 난 결혼이란 걸 안 믿는다고 여자에게 명확히 말하는 남자가 좋아요. 묘한 힌트 같은 걸 던지는 남자는 아니니까요. 니키, 당신의 애인은 MTV 뮤직비디오 수상식에 참석하는 게 아니라면 붉은 카펫 같은 건 밟을 일이 없겠네요. 그렇더라도 당신이 그의 어머니 같은 여자가 아니라는 걸 그에게 마음껏 각인시키세요. 그 얘기를 계속 물고 늘어져봐요. 그가 참 좋아할 것 같네요.

멋진 남자가 평생을 함께할 여자를 만나는 것은 대단한 일이다. 그가 그런 사실을 알고 있다면, 인생을 공유할 법적인 동반자가 되어달라고 하는 게 싫다는 말은 안 할 것이다. 내 생각에는 그렇다.

아주 단순한 진실

뭐가 그렇게 끔찍히도 부끄러운가, 숙녀 여러분? 결혼하고 싶어한다는 건 이상한 일이 아니다. 결혼하겠느냐고, 또는 나를 결혼할 사람으로 생각하느냐고 묻는 것도 괜찮다. 이 점을 마음에 새기길 바란다. 저쪽에는 결혼을 했거나 앞으로 결혼할 남자가 많다는 것을. 그러니까 꽃집, 목사, 예복 만드는 사람이 그렇게도 많겠지.

추신 : 나를 어떻게 생각하는지 궁금하게 만드는 남자라면, 그를 위해 시간도 마음도 쓰지 말 것.

♀Liz 여자들이 어려워하는 이유

결혼은 끔찍한 거라고 말하는 사람이 많이 있다. 수많은 여자, 남자, 그리고 철학자, 인류학자, 심리학자, 여성운동가, 과학자들이 서로 다른 이유를 근거로 결혼을 결함이 많고 구세대의 유물이며 실패한 제도라고 말한다. 길 가는 사람 아무나 붙잡고 물어봐도, 결혼의 단점을 신나게 말할 수 있을 것이다.

그렇지만 우리가 지금 여기서 그 이야기를 하는 걸까? 아닐 것이다. 때로 남자들은 토론의 주제는 바로 그거(결혼이라는 제도)라고 여자가 생각하기를 바라는 것 같다. 하지만 확실히 짚고 넘어가자. 당장 풀어야 할 문제는 바로 이것이다. 당신과 함께할 장래를 바라지 않는다는 사실을 가리기 위해 그가 빤한 거짓말을 늘어놓고 있는 건 아닌지?

정말 어려운 질문이다. 또 여자들은 영리하다. 여자들이 아무 말 없이 변명이나 듣는 걸 그만두거나, 좋은 쪽으로만 사실이길 바라는 마음을 그만 접는다면 답은 확실해질 것이다. 남자로부터 듣고 싶은 말만 생각하는 걸 그만두고 집중해서 귀 기울인다면 여자들도 곧 답을 알게 될 거다. 진정 결혼에는 미심쩍어하지만 둘 사이의 관계에는 성실한 남자인지, 아니면 보잘것없이 핑계만 대는 남자인지는 여자들이 판가름하게 될 것이다.

하지만 이렇게 행동하기가 어려운 이유가 있다. 결혼하고 싶어하는 감정을 우습게 여기기가 아주 쉽다는 것. 특히 상대방이 결혼을 원하지 않을 때는 더 그렇다. 둘이 함께 있어서 행복한데, 뭣 때문에 성가신 일을 하려고 하는 거야, 라는 식일 때가 그렇다. 결혼한 것과 다름없는데, 왜 이렇게 수선이야? 가족들이 어떻게 생각하든 무슨 상관이람, 그들과 사는 게 아니잖아? 친구들이 모두 결혼했다고 나도 꼭 해야 한다는 법 있나? 결혼, 결혼, 노래를 부르니, 누구와 결혼하느냐는 상관도 없는 것 같아. 그냥 결혼만 하면 된다는 거야, 뭐야?

다들 해볼 법한 생각이다. 하지만 다시 한 번 살펴보자. 지난 40년간 결혼에 대한 평판은 그렇게 좋지 않았다. 사실, 그게 누구든 상관없이 결혼만 하면 된다고 생각하는 여자들도 있다. 하지만 이건 우리가 하고 싶어하는 이야기의 핵심이 아니다. 재정적인 계약으로서의 결혼에 대해 사회경제적, 또는 인류학적 논의에 들어가기 전에, 자기 자신에게 진지하게 물어보길. 맑은 정신으로 자신만이 대답할 수 있는 질문들을 던져보자. 진정으로 사랑받고 있다고 느끼는가?

그는 나에게 성실한 사람인가? 그가 나와 인생을 함께 꾸려가고 싶다는 데 의심할 만한 여지는 없어 보이는가? 앞의 질문에 대한 대답이 '그렇다', '그렇다', '아니다'라면 이제 토론을 시작하자. 왜냐하면 남자의 말이 옳을지도 모르니까. 하지만 상대방이 뭔가 감추고 있는 것 같거나, 당신이 스스로를 바꾸면서 남자의 비위를 맞추려고 힘을 쏟고 있다면 당장 그와 헤어지도록. 그가 사랑받고 싶어하는 당신의 감정을 어처구니없는 것으로 여기도록 내버려두지 말라.

♀ Liz 여자들이 이런 모습이면 좋겠다!

내 친구의 애인은 그녀와 같이 살기 위해 미국의 한쪽 끝에서 다른 쪽 끝으로 이사했다. 친구들과 함께 그 커플을 만나 밖에서 한잔했다. 결혼을 화제로 삼자, 친구의 애인은 결혼을 믿지 않는다며 민감한 반응을 보였다. 그는 결혼은 반드시 해야 하는 것이라고 극심하게 억압하는 환경에서 불행하고 건전하지 않은 결혼만 보며 자랐다고 했다. 내 친구는 애인의 강력한 반응에 놀랐고, 그것에 대해 화를 냈다. 그녀는 결혼에 매달리는 여자는 아니었기 때문에, 결혼을 '선택사항'이라고 생각하고 있었다. 그러나 많은 생각을 한 끝에, 그와 같이 있는 것을 자신이 진정으로 원한다는 사실을 깨달았다. 그는 그녀와 같이 지내려고 삶 전체를 옮긴 사람이니까. 그래서 친구는 자신은 결혼하지 못할 거라고 믿었다. 하지만 1년 후 애인은 그녀에게 청혼했다. 그녀를 사랑한다는 걸 깨달았고, 결혼이 그녀에게 중요하다는 걸 알았으므로.

난 성공했어!

그와는 1년 반쯤 사귀었어요. 우리는 결혼에 대해 몇 차례 이야기했지요. 어느 날, 우리가 나눠왔던 결혼에 대한 대화 모두가 전부 나에게서 시작되었다는 사실을 깨달았어요. 그는 늘 대답했죠. "당연하지, 당신은 내 영혼의 동반자야. 난 당신에게 열정을 느껴. 지금까지 만난 누구보다도 당신을 사랑해……." 난 분명하게 물어봤어요. "나랑 결혼하고 싶어?" 그랬더니 "응, 그러면 좋지"라고 대답하더군요. 그때 알았어요. 그가 자기 입으로 "당신이랑 결혼하고 싶어"라고 말하는 걸 들어본 적이 없다는 사실을. 그날 정신이 확 든 나는 그를 차버렸어요. 물론 지금은, 만나기 시작한 첫 주에 "당신이 아직 결혼하지 않았다는 걸 믿을 수가 없어. 이처럼 멋진 사람이!"라고 말하는 남자들과 데이트하면서 행복을 느끼고 있죠.

샌디

그렉의 말을 믿지 못하겠다고?

앙케트에 참가한 남자 100퍼센트가, 진정으로 사랑하는 여자와 결혼하는 데는 아무 문제가 없다고 답했다. "어떤 멍청이가 사랑하는 사람과 결혼하는 데 문제를 느낀답니까?"라고 대답한 남자도 있었다.

이것만은 꼭 알아두자!

- ✔ "그가 결혼을 원치 않아"와 "그가 나랑 결혼하고 싶어 하지 않아"는 아주 다른 말이다. 당신의 남자가 어느 범주에 속하는지 확인할 것.
- ✔ 두 사람이 다른 결혼관을 가졌다면, 또 뭐가 같은 게 있을까? 한번 따져볼 때다.
- ✔ 당신이 서두르는 게 아니라면, 뭐 하러 기다리는가?
- ✔ 니키는 제정신이 아니다.
- ✔ 저 밖에 당신과 결혼하고 싶어하는 남자가 있다.

연습해 볼 것

남자랑 사귀기 시작한 후 얼마 만에 결혼하고 싶다는 생각이 들었는지 적어보자.

얼마 만에 확실히 알게 됐는지 적어보자.

두 답이 적당한 시간인지 살펴보자. 그런 다음 자신에게 말할 것. '그가 아직도 결혼하고 싶은 마음이 안 생겼다면, 변명의 여지가 없어'라고.

Part 8

헤어지자는 말을 쉽게 한다면,

그는 당신에게 반하지 않았다

"당신을 만나고 싶지 않아"라는 말은 그 말뜻 그대로다

누구나 사랑받기를, 필요한 존재가 되기를 바란다. 특히 헤어진 사람에게는 더 그렇다. 나도 이해한다. 나보고 자신의 인생에서 나가달라고 방금 말한 사람이 슬프고도 간절하게, "당신이 얼마나 그리운지 몰라"라고 전화선 저편에서 말한다면? 뭔가가 느껴질 것이다. 짜릿할 거고. 거부하기 힘들 테고. 하지만 거부해야 한다. 그가 당신의 짐을 자기 집으로 실어갈 트럭을 불렀다며 전화하지 않는 이상, 그는 당신을 쿠션 정도로 여기는 게 분명이다. 혼자 감당해야 하는, 하지만 아직 준비되지 않은 외로움과 상실감을 완화시켜 줄 수 있는 쿠션으로.

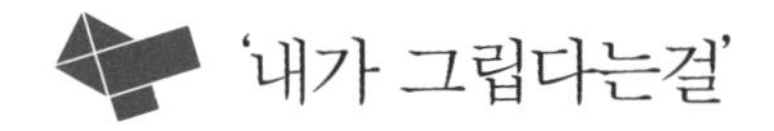

'내가 그립다는걸'

남자친구와 나는 2년째 사귀고 있고, 같이 산 지는 1년 됐어요. 얼마 전부터 우린 자주 싸우게 되었죠. 온갖 트집을 다 잡아서 부딪쳤죠. 3주 전 그가 헤어지자고 했고, 난 내 짐을 싸가지고 나왔어요. 물론 지금도 정신을 차릴 수가 없어요. 문제는 그가 계속 전화한다는 거예요. 나와 이야기하고 싶어해요. 내 친구들 안부도 묻고, 내 가족들이 어떻게 지내는지도 알고 싶어하죠. 하루하루 일어나는 사소한 일들까지도 다 알려고 하고요. 마치 우리가 사귀고 있는 것처럼 말이죠. 친구들은 그와 통화하는 걸 그만두라고 말리지만, 그가 날 그리워하는 것 같은걸요. 또 그게 좋아요. 나도 그가 보고 싶거든요. 계속 연락을 하면, 그는 내가 멋진 사람이라는 걸 깨닫고, 결국 다시 만나야 한다고 생각할 거예요. 어떻게 생각해요?

브렌다

'안개 낀 수채화의 추억' 님께

그가 '예전 그대로의 당신'과 계속 연락하고 싶어하니 다행이군요. 하긴 새 전화에 새 아파트가 생겼으니 누군들 전화 상대가 필요하지 않겠어요? 그에게는 기다리라고 하고, 내 말을 잘 들어요, 아가씨. 남자가 관계를 지속하고 싶으면, 사랑하는 여자를 지키기 위해 산이라도 옮기려 들지요. 그가 당신에게 전화해서, 사랑한다고, 돌아와주었으면 좋겠다고 말하지는 않지요? 아니면 당신의 새 집에 직접 나타나서 그 말을 하던가요? 그가 데이트하자고 하거나, 꽃과 시를 보내면서 낭만적인 분위기를 만들려고 애쓰지 않지요? 아니면 '연애심리학' 책 같은 걸 보면서 당신을 돌아오게 하려고 갖은 노력을 다 하고 있나요? 비록 그가 당신을 사랑하고 그리워한다고 말하더라도, 그런 노력을 안 한다면 궁극적으로는 당신한테 반한 것이 아니랍니다. 그의 전화는 그만 받고, 당신 없이 사는 게 어떤 건지 아주 따끔한 맛을 보게 해줘요. 그에게 딱, 어울리는 일인걸요.

남자가 당신을 그리워한다는 말에 만족스러워 하지 말자. 아쉬워하는 게 마땅하지. 당신은 좋은 사람이니까. 하지만 그는 여전히 결별 선언을 한 바로 그 사람인 것을. 기억하자. 그가 당신을 그리워하는 것은, 매일 같이 있지 않겠다고 선택했기 때문이라는 것을.

'부담 없이 만나는 것도 좋잖아'

그렉,

그와 만난 지는 한 달쯤 됐어요. 그는 우리가 더 깊은 관계로 발전할 것 같지 않다면서 결별을 고했죠. 나도 이해했고 잘 받아들였어요. 그는 우리가 친구로 지낼 수 있을지 알고 싶어하더군요. 그래서 그러자고 했죠. 지금은 둘이 만나서 식사도 하고, 그의 집에 가서 섹스도 해요. 전과 똑같이요. (하지만 지금은 '헤어진' 상태고요.) 그는 정말정말 멋있고, 나는 그와의 섹스에 만족해요. 내가 주위에 없으면 견딜 수 없다고 하는 걸 보니 틀림없이 나를 좋아하는 거라는 생각도 들어요. 애인 사이라는 부담이 없으니까, 같이 있으면 아주 편하고 좋아요. 이것도 괜찮은 것 같아요. 그에게 우리가 사귀고 있다는 사실을 떠올리게 하지는 않을 거예요. 우린 헤어진 거니까요.

셰릴 린

'결별이 더 좋아' 님께

맙소사, 그 남자 정말 머리가 좋은 사람이군요. 당신과 헤어진 다음에도 계속 섹스를 할 수 있다니 말이에요. 당신의 감정에 대해 책임지지 않아도 되고요. 이제 두 사람은 사귀는 사이가 아니군요.

천재가 따로 없군요! 정말 악마 같아요! 책은 우리가 아니라 그 사람이 써야겠네요! 할 생각만 있다면, 아마 그 사람은 사이비 종교도 만들어낼 수 있을 거예요. 당신이 쪼르르 달려가 가입할 거라고 내 장담하죠. 확실히 말하죠. 공주님, 그 남자는 당신이 주변에 없으면 못 참을 정도로 좋아하지, 않아요. 당신 없이 못 살겠다면, 어떻게 헤어질 수 있겠어요. 그런 말은 아예 꺼내지도 않지요. 그는 진지하게 당신에게 반한 게 아닙니다. 이건 미친 짓이에요. 당신이 스스로를 얼마나 아끼고 사랑하는지는 그 사람을 얼마나 빨리 잊느냐로 따질 수 있겠군요.

예상했던 것보다 훨씬 덜 힘들게 누군가를 받아들이고 싶을 때, 유혹이 느껴지기 마련이다. 숙녀 여러분, 목표물을 똑바로 보자. 무엇을 얻고 싶은지 언제나 염두에 두자. 덜 힘들게 차지하지는 말자. 자신을 위해 그렇게 할 수 없다면, 다른 사람을 위해서라도 그렇게 하기를. 이런 남자들이 존재하는 것은 그들이 마음대로 구는 걸 허용하는 여자가 너무 많기 때문이다.

'다들 헤어지기 전에 마지막으로 섹스하잖아'

그렉에게

음, 있잖아요, '굿바이섹스' 말인데요. 화끈했어요. 육감적이었고요. 놀라웠죠. 나, 지금 괴로워요. 그리고 그를 사랑하고요. 나 자신을 어쩔 수가 없네요. 마지막이니까 섹스를 해도 된다고 생각했는데, 지금은 머리가 돌아버릴 지경이에요. 도와주세요.

아일린

'그렇게 잘 아는데, 왜 아직도 그의 아파트에 있나요?' 님께

안녕하세요. 그 남자의 품에서 얼른 나와서 옷을 입고 단짝친구의 집으로 직행하세요. 그 아파트에서 얼쩡댈 구실을 찾지 말라고요. 평소보다 더 뜨거운 섹스가 둘이 하나가 되어야 한다는 의미일 거라는 등의 생각은 접으세요. 오호, 굿바이섹스라니, 그럴듯하네요. 아는 사람과 섹스하는 게 좋으니까. 당신이 격정적인 감정을 퍼붓는 사람과 섹스하는 게 좋으니까. 아주 드라마틱하니까. 하지만 이제 알잖아요. 굿바이섹스는 모든 걸 헷갈리게 하고, 개떡 같은 기분이 들게 한다는 걸요.

이제 현실을 똑바로 봅시다. 당신은 여자예요. 여자들은 섹스와 감정을 잘 분리하지 못하지요. (내가 몇 번이나 같은 소리를 해야 합

니까? 반복해서 말하는 건 정말 별로거든요!) 이제 다시는 똑같은 실수를 하지 마세요. 알겠어요? 그는 당신한테 반하지 않았어요. 그는 '좋은 아이디어라는 가면을 쓴 나쁜 아이디어'인 굿바이섹스한테 빠진 사람이라고요. 이상 끝.

섹스의 위력을 과소평가하지 말자. 아주 오랫동안 사귄 사람이라 해도 여전히 섹스의 힘이 발휘된다. 오랫동안 섹스한 사람이라면 특히 더하다. 헤어진다는 건 다시는 안 만난다는 것이고, 다시는 벗은 상태로 함께 있지 않는 것을 의미한다. 이런 점을 잊어버리자는 유혹이 있겠지만, 아무리 그래도 그 이름이 '굿바이섹스'임을 명심하도록. 헤어질 때 하는 섹스를 "아, 섹스가 너무 좋아서 우리 다시 하나 되어 섹스 후 행복하게 살았네"라는 이름으로 부르는 사람은 하나도 없다.

'그가 다시 만나자고 하는데……'

그렉, 보세요

남자친구가 끊임없이 헤어지자고 말해요. 헤어진 다음에는 계속 전화해서 다시 만나자고 애원하고요. 매번 정말로 보고 싶다고, 자기가 큰 실수를 저질렀다고 말하죠. 벌써 세 번이나 그랬어요. 6개월에 한 번씩이요. 그러는 건 싫지만, 계속 그에게 돌아가게 되네요. 그를 사랑하니까요. 그가 계속 돌아오기를 바라는 걸 보니, 나한테 진짜로 반한 게 아니겠느냐며 나 자신을 달래곤 해요.

크리스티나

'요요 챔피언', 보세요

당신은 남자친구가 몇 번이나 기어들어왔는지에 주목한 반면, 나는 그가 몇 번이나 "다시는 널 만나고 싶지 않아"라고 말하며 기어나갔는지에 신경을 쓰다니 좀 우습군요. 둘 다 '세 번'이지만, 난 결별 횟수가 늘어날 거라는 데 돈을 걸 수도 있어요. 안타까운 일이긴 하지만, 그건 둘의 사이가 맹숭맹숭해 보일 때 남자들이 하는 짓이니까요. 그는 '좀더 나은 여자 어디 없나' 하면서 킁킁대고 다니죠. 그럴듯한 상대를 못 건지면 외로움을 타면서 '집'으로 돌아오는 거예요. 그가 당신한테 반해서가 아니에요. 혼자 있는 게 싫어서 자꾸 매달리는 거라고요. 그에게 네 번째 결별 선언의 기회를 주지 마십시오. (세상에! 그런 생각만으로도 자존심 상하지 않은지?) 결별은 최대 1회로 제한하고, 그러고 난 다음에는 다른 사람에게 가버리세요.

헤어진 사람과 다시 만날 것을 결정하는 일은 복잡 미묘하고 힘든 일이다. 당신이 다시 사귀려는 사람은, 불과 얼마 전에 당신과 당신의 장점에 점수를 매기고 당신의 예쁜 눈을 들여다보면서 더 이상 함께 있고 싶지 않다고 선언한 바로 그 작자다. 외계인이 그를 납치해서, 당신한테 반한 남자의 뇌를 그 남자의 뇌에 이식하지 않는 한, 그 남자는 결코 변하지 않을 것이다. 제발, 그가 외로워져서 매달리는 것임을 명심하기를.

'난 좋은 사람이니까 그를 돌봐줘야 해'

그렉,

1주일 전에 남자친구와 헤어졌어요. (그가 그러자고 했어요.) 그는 다른 도시에 살고 있는 어머니를 뵈러 갔어요. 수술을 받으실 거라고 말하더군요. 그 사이에 그가 기르는 고양이 두 마리는 내가 보살펴주겠다고 했어요. 난 그 고양이들을 좋아하거든요. 그도 그렇게 해달라고 했죠. 헤어지고 나서도 내가 도와주니까 그가 감동했을 것 같아요. 친구들은 나를 '이상한 사람' 취급하지만, 내가 보기에는 다들 속이 너무 좁아요. 3년이나 사귄 사인데, 어떻게 하루아침에 그 사람이나 그의 고양이들을 못 본 척할 수 있겠어요. 게다가 얼마나 사랑스럽다고요.

다나

'고양이 보모' 님께

엉뚱한 꿈은 꾸지 마세요. 분명히 말하죠. 3년이나 사귀면서도 자신의 인생을 지상천국으로 만들어줄 여인임을 파악하지 못한 사람이라면, 고양이 밥 두어 깡통에 그걸 깨닫겠어요? 그가 어머니 간호를 마치고 돌아오면, 그를 당신 인생에서 도려내세요. 그의 집 열쇠와 고양이 돌봐주는 곳 전화번호를 내밀라고요. 당신이 무슨 일을 해도 그의 애인 자리는 차지하지 못할 거예요. 하녀 자리라면 또 모를까.

자존심이 있는 것과 발닦개가 되는 것을 혼동하지 말기를. 자존심이 있는 것은 고개를 꼿꼿하게 세우고 우아하고 품위 있게 걷는 것이다. 발닦개가 되는 것은 그가 충치 치료를 받을 때 치과까지 태워다주겠다고 하는 것이고.

'헤어지자는 말은 받아들일 수 없어'

그렉에게

알죠? 뮤직비디오 프로듀서요. 그 남자가 날 찼어요. 나쁜 놈이죠. 그의 물건이 내 아파트에 있는데, 돌려주지 않을 작정이에요. 그의 마음이 바뀌리란 걸 아니까요. 계속 그에게 전화해서 마음을 돌리려고 노력하고 있어요. 틀림없이 마음을 바꿀 거예요. 날 진짜로 사랑하거든요. 헤어지자는 말도 진심이 아닐 거고요. 그런데 그 놈의 '컴퓨터' 만은 돌려달라고 난리도 아니에요. 달콤한 말을 해주고, 멋진 파티에 데려가고, 근사한 친구들도 알게 해준 그가 갑자기 변심할 리 없어요. 어떤 사람을 좋아했는데, 갑자기 같이 있기 싫어질 수가 있나요! 그를 진짜진짜 사랑하기 때문에 난 지금 정신이 하나도 없어요. 그렉, 당신은 믿지 못하겠지만, 난 진심으로 그를 사랑했고 그와 같이 있는 게 좋았어요. 하도 많이 울어서 침대에서 나올 수도 없을 지경이에요. 기분이 안 좋아서 그가 그랬던 거겠죠? 난 그의 말을 안 믿을 거예요.

니키

니키,

차였다니 안됐군요. 그럴 줄 몰랐다고는 말 못 하지만, 지금은 고소해 할 때가 아니죠. 지금 당장 정신병자 같은 짓은 그만둬요. 당신 바보 아냐? 계속 전화를 해대고 그의 물건을 인질처럼 잡고 있다고 해서 그가 돌아오는 건 아니랍니다. 사실 그런 행동은 '내가 이런 정신병자를 뭘 보고 좋아했지?'라는 생각을 하게 만드는 지름길이에요. 자신감이 하늘을 찌르고, 강철 같은 의지를 지니고 있던 여자분이 도대체 어떻게 된 겁니까? 툴툴대는 미치광이로 전락한 거예요? 아니죠? 그럴 리 없죠? 그러니까 고리를 끊고 나오세요, 니키. 때로 사람들은 마음이 변하기도 하고, 딴사람을 만나기도 하고, 정신을 차리기도 한답니다. (그 남자는 과음하는 편이었죠?) 알고 보면 나쁜 놈이기도 하고. 그렇다면, 물론 내가 판단할 일은 아니지만, 그런 남자랑 헤어진 당신은 운이 좋은 거겠죠?

왜 이렇게 되었든 상관없어요. 당신은 그의 마음을 바꿀 수 없으니까요. 니키, 니키, 니키! 제발 처신 잘 하세요. 결국 당신 기억에 남는 것은, '주정뱅이에다, 당신과의 결혼을 원치 않고, 너무 바쁘고, 자기 중심적인' 남자를 잃은 것 자체가 아니라, 결별 후의 당신 처신이니까요. 내 장담한다니까요.

숙녀들에게 일러둘 간단한 규칙 하나. 언제나 자존심을 세울 것. 미친 것처럼 굴지 말 것. 그렇다. 규칙은 하나가 아니라 둘이다. 하지만 그걸 따르면 슬퍼할 일이 생기지 않는다. 내 말을 믿으시라. 규칙을 따르면, 남자의 옷을 찢거나 그의 개를 엉뚱한 곳에 버리는 따위의 무서운 일은 기억하지 않게 될지니.

아주 단순한 진실

남자가 당신과 같이 있기 싫다고 말한다. 후에 그 남자는 일생일대의 실수를 저질렀다는 걸 곱씹어 생각한다. 때로는 끝내 깨닫지 못하는 사람도 있다. 어느 쪽이든지 당신이 할 일은 그에게서 떨어져 나와 자기 삶을 사는 것이다. 그것도 빨리. 당신이 달려가면 남자가 언제나 쫓아오려고 할 수도 있다. 그럴 때면 마치 이런 말이 들리는 것 같다. "다시 만나." "둘이 이야기 좀 하자." "다시 시작했으면 좋겠어." "당신이 그리워. 내가 잘못했어. 당신과 같이 있고 싶어." 이런 말은 사실은 이런 뜻이다. "개 좀 산책시켜 주겠어?" "심심해서 전화해 본 거야." "영화나 보러 갈까?" "사촌동생 결혼식에 같이 가 줄래?"

♀ Liz 여자들이 어려워하는 이유

정말 모르겠다. 누군가를 사랑하고, 함께 시간을 보내고, 그의 가족과 친구를 만나고, 그의 몸을 세세히 알고, 매일 벗은 몸을 보고, 이제까지 느껴보지 못했던 것을 느끼고, 내 인생이 좋은 방향으로 흘러가고 있는 기분이고, 한 시간, 하루, 한 주가 모여 행복한 추억이 쌓여가고, 그러다가 그가…… 나를 만나고 싶어하지 않는다는 걸 알게 되고!

그가 다시 생각을 바꿀 거라는 가녀린 기대를 갖고 기다리는 게 나쁜 걸까? 어쩌면 그가 정신을 차린 후, 이제까지 만났던 여자들

중 내가 제일 좋은 여자였다는 걸 깨달을지도 모르는데. 어느 누구도 나만큼 그와 잘 어울리지 않는다는 것을, 그렇게 깊은 관계를 맺을 사람은 다시는 못 찾으리라는 것을, 나처럼 잘 이해해 줄 사람은 못 만나리라는 걸 알게 될 텐데. 그게 그렇게 나쁜가? 그와 만나고, 이야기하고, 과자를 구워주고, 선물을 사주고, CD를 구워주고, 그의 열대어에게 먹이를 주고, 그의 부모님과 통화하고, 그의 친구들과 연락하고, 음성사서함에 목소리를 남기고…… 그게 나쁜 일인가? 농담이다. 하지만 그래도 결별 후에 자존심 있고 성숙하고 사랑스런 태도로 계속 연락하고 대화하고, 친구로 남아 때로 같이 영화를 보는 게 나쁠까? 그다지도 끔찍한 처신인가?

안 그럴 것 같다. 의지와 성숙함이 잘 조화되었음을 보여주는, 영리하면서 강한 작전이라는 생각이 든다. 인류의 결별 역사에서 그 작전이 적중한 적이 없다는 걸 도저히 믿을 수 없다. 남자들은 참 이상도 하지?

좋다. 결별이란 그런 것이라는 걸 안다. 헤어진다는 것. 깨끗하게 떠나오기. 이야기도 안 하고, 만나지도 않고, 만지지도 않고…… 손을 치우고 있어야 하는 것. 관계는 끝났다. 내가 아는 사람 가운데 절반은 대단한 결별을 겪은 후라도 훌훌 떨치고 일어선다. 솔직히 그것도 이해는 한다. 다시 말하건대, 대부분의 여자들이 다 알고 있다. 1주일 전에 자기 마음에 상처를 입힌 남자와 섹스하면 안 된다는 사실을. 좋다. 하지만 안 그러면 뭘 해야 되는데? (친구들에게는 아닌 척하면서도) 그를 돌아오게 하려고 애쓰는 일 대신 뭘 하라는 거야, 응?

그래, 다음에 내가 이런 일을 당하면 울어버리겠다. 침대에 푹 파묻힌 채 몇 박 며칠 꺼이꺼이 울겠다. 가능하면 헬스클럽에 가겠다. 친구들에게 전화해서 슬픔을 같이 나눠야지. 오래 자는 것도 좋고. 더 심하게 울고. 카운슬러를 더 자주 찾을 거다. 개도 사겠다. 거기서 빠져 나오기 위해 무슨 일이든 하겠다.

좋아요, 그렉. 당신 말대로 할게요. 그래도 내가 하던 방법으로 남자를 되찾을 수 있다는 희망을 완전히 버리지는 못하겠어요.

♀Liz 여자들이 이런 모습이면 좋겠다!

여러 해 사귀다가 헤어진 커플을 안다. 두 사람을 다 아는 친구가 많았는데, 다들 그 커플의 결별에 힘들어했다. 5년이 지난 후 둘은 다시 만났고, 지금은 결혼해서 잘 살고 있다. 헤어진 후 그들은 만나거나 전화하지도, 친구로 지내지도 않았다. 서로 괴롭히거나 혼란스럽게 만들거나 상처를 주지도 않았다. 각자의 삶을 살았고 각자 성숙해졌다. 오랜 시간이 흐른 후에야 그들은 다시 만날 수 있겠다는 것을 깨달았다.

난 성공했어!

최근에 전 애인에게 내가 다른 사람을 만나기 시작했다고 말했어요. 우린 6개월 전에 헤어졌거든요. 그후 그를 따돌릴 수가 없었어요. 나에게 전화하고, 우편물을 가져가라고 볶아대고, 영화를 보러가자고 조르니까요. 거짓말하기 싫으니까 솔직하게 말할게요. 그의 그런 관심이 좋더라고요. 하지만, 아세요? 이제는 그게 아무것도 아니라는 걸 깨달았어요. 그는 다시 사귀자고 하는 게 아니거든요. 그냥 질투가 나서 그러는 것일 뿐. 한때는 그의 행동에 희망을 갖기도 했지만, 지금은 웃음만 나와요. 남자들은 속이 뻔히 보인다니까요.

칼리

그렉의 말을 믿지 못하겠다고?

앙케트에 참여한 남자 100퍼센트는, "우리 그만 만나"라고 말하는 건 다시는 상대방과 사귀기 싫다는 뜻이라고 답했다. (한 사람은 이렇게 묻기까지 했다. "헤어지지 않을 거면 왜 그걸 굿바이섹스라고 하겠어요?" 이런 남자와 절대 사귀지 말 것!)

이것만은 꼭 알아두자!

- ✔ 결별에서 빠져나오는 것에 대해 말로 풀어 설명할 수는 없다. 결별은 토론할 만한 주제가 아니다. 헤어진다는 건 확실한 행위이지, 민주주의와 관련된 사안이 아니니까.
- ✔ 굿바이섹스라 해도 여전히 '굿바이'를 의미한다.
- ✔ 남자를 차버려라. 그가 당신을 그리워하게 하라.
- ✔ 당신이 좋은 사람이란 걸 그에게 되새겨줄 필요는 없다.
- ✔ 고양이는 고양이 주인이 돌보게 하라.
- ✔ '자존심 있다'는 것은 '그의 자동응답기에 목소리를 남기는 것'이 아니다.
- ✔ 당신이 개똥 같은 옛 남자와 다시 만나지 않은 것을 다행스러워 할 남자가 저기 밖에 있다.

연습해 볼 것

이럴 수가! 진짜 이상한 일이군. 이 책을 쓰다가 쪽지 하나를 바닥에서 주웠다. 곧 당신의 남자친구가 될 사람이 보낸 글이다. 우연치고는 너무 신기하지 않은가?

이봐요, 멋진 아가씨

당신이 얼른 옛 남자를 잊으면 좋겠어요. 좋은 사람 같지는 않던데요. 어서 마음을 정리하길 바랄게요. 당신처럼 멋진 사람이 오랫동안 혼자 지내면 안 되니까요.

날 찾아줘요. 여기서 기다리고 있을게요.

당신이 만나게 될 미래의 남자가

Part 9

갑자기 연락을 끊었다면,

그는 당신에게 반하지 않았다

가끔은 당신이 알아서 끝내야 할 때가 있다

그가 사라졌다. 공기 속으로 사라져버렸다.

이건 간단한 얘기다. 남자는 당신한테 반하지 않아서, 메모 하나 남길 마음도 없음을 분명히 한 거다. 이번에는 당신도 남자의 행동을 허겁지겁 두둔하지 않을 것이다. 이건 정말 고통스런 일이며, 상처받거나 분노하지 않을 수가 없는 일이다.

하지만 그렇기 때문에 더더욱 자신을 위해 변명거리를 만들고 싶을 수도 있다. 연락 두절의 미스터리를 푸는 데 에너지를 쏟고 싶을 만도 하다. 그러나 어떤 그럴듯한 변명을 둘러대더라도 당신에게는 전혀 도움이 되지 않을 거다. 왜냐하면 기억해야 할 중요한 대목은 딱 하나니까. 그가 이제 당신과 같이 있고 싶어하지 않다는 것 말이다. 게다가 그 남자는 당신 얼굴에 대고 그 말을 직접 할 용기조차 없었다. 게임은 끝났다. 사건 종료.

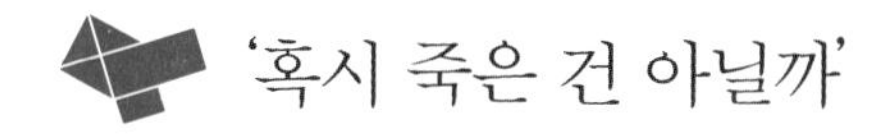

'혹시 죽은 건 아닐까'

그렉에게

진짜 멋스러운 프랑스 남자와 잠깐 사귀었어요. 그와의 시간이 정말 즐거워서 그 이상의 뭔가도 생길 수 있다는 느낌이 들었죠. 그가 프랑스로 돌아가고 난 후, 우리는 이메일을 주고받았어요. 달콤하고 로맨틱했지요. 그런데 갑자기 그의 이메일이 끊겼어요. 내가 마지막으로 보낸 이메일에 대한 답장이 2주일이나 안 오고 있거든요. 그렉, 그에게 무슨 일이 생겼나 봐요. 어쩌면 내 이메일을 받지 못했을지도 모르죠. 그를 화나게 만든 내용이 있었을지도 모르고요. 다시는 그에게서 연락이 오지 않을 거라는 생각은 하기도 싫어요. 그건 너무 힘든 일이니까요. 내가 다시 이메일을 보내도 될까요? 그러면 계속 연락이 되지 않을까요?

노라

'고뇌하는 자유인' 님께

네, 보내도 될 거예요. 그가 한 번 더 딱지 놓을 기회를 주고 싶다면요. 그가 감자튀김 트럭에 치여서 병원에 입원하는 바람에 연락이 끊겼을 가능성이 있지 않을까요? 그럴 수도 있겠죠. 하지만 상식적으로 따져볼 때, 이럴 확률이 더 클 것 같아요. 그가 다른 사람을 만났거나, 멀리 있는 여자와 연애하는 게 싫어졌거나, 당신이 꿈에 그리던 미국 여자가 아니거나. 그에게 편지를 써서 또 한 번 면전에서 문이 쾅 닫히는 꼴을 당하고 싶다면, 그의 전화가 죽고 이메일이 깨져서 그에게 연락이 안 될 확률은 0.0001퍼센트임을 밝혀둡니다. 그래도 해보고 싶다면 어쩔 수 없죠. 하지만 내가 미리 경고했다는 건 잊지 말아요.

로맨틱한 관계에서 답을 못 받는 것보다 괴로운 일은 없다. 하지만 답을 안 하는 것도 답이다. 남자가 당신에게 작별 편지를 쓰지 않을지도 모른다. 하지만 그의 침묵은 "이제 안녕!" 하고 귀청 떨어지게 외치는 것과 같다. 그에게 편지를 또 쓰는 것은, 그 이야기를 말로 더 크게 할 기회를 줄 뿐이다. 당신은 기억 못 할까? 당신이 얼마나 바쁜데, 또 인기가 얼마나 좋은데 떠난 남자한테 연락할 시간이 있을까?

'왜 그랬는지 알아봐도 되잖아'

그렉,

3개월이라는 시간 동안 깊이 사귄 남자가 갑자기 연락을 끊었어요. 며칠간 소식을 못 들었어요. 걱정이 돼서 그의 단짝친구에게 전화해서 물어봤더니, 그 남자가 옛 애인과 다시 만나서 그녀의 집으로 들어갔다고 하더군요. 그가 나한테 반하지 않은 건 이해할 수 있지만, 어떻게 그런 짓을 할 수 있는지 알아볼 권리 정도는 나에게도 있지 않나요? 대가를 치르지 않고는 그냥 넘어가지 못한다는 걸 알게 해줄 권리는 있지 않냐구요?

레니

'빨랑 나와요' 님께

맞아요. 하지만 생각해 보세요. 그는 당신이 화낼 거라는 걸 알고 있어요. 그는 무지하게 나쁜 자식이지, 멍청이는 아니거든요. 머릿속으로 다 계산하고 한 짓이라고요. 그래서 연락을 뚝 끊은 거예요. 그가 모르는 건, 당신이 그와 그의 나쁜 행동을 빨리 잊어버릴 수 있다는 사실이지요. 다시는 그나 그의 친구들과 통화하지 않는 것으로 당신의 힘을 확실히 보여주십시오.

추신 : 그런 남자는 대가를 치르지 않고는 그냥 넘어가지 못해요. 어디를 가든 똑같이 나쁜 놈일 테니, 톡톡히 당하겠죠. 당신의 수고 없이도.

전화를 해서 소리라도 지르면 당장은 속이 시원할지도 모른다. 하지만 얼마 후에는 그런 데 신경 쓰지 말걸, 하고 후회하게 될 것이다. 인생 전부가 아니라 단 며칠이라도 허비한 게 아까울 거다. 남자를 혼내는 일은 다른 사람에게 맡기자. 당장은 대가를 치르지 않고 그냥 넘어가는 것 같겠지. 하지만 당신이 아무 말도 안 하는 게 그에게는 더 무서운 일이다. 당신은 그 시간에 더 근사한 일을 하시길.

'나에게는 그의 대답이 필요해'

그렉에게

6개월 정도 사귄 남자친구랑 캘리포니아로 여행을 갔어요. 우리는 즐겁게 지냈어요. 집에 돌아온 후, 그는 보스턴으로 가족을 만나러 갔고요. 그에게 전화했더니, 어머니가 받으셔서는 그가 플로리다로 친구를 만나러 갔다고 하는 거예요. 다시는 연락이 없었어요. 속상해요. 내 감정과 우정을 회복할 방법은, 그와 이야기해서 무슨 일인지 알아내는 것뿐이에요. 그게 잘못인가요?

리자

'멍청군을 선택한 여자' 님께

무슨 일이 있었는지 알 자격이 있느냐고요? 그래요. 그리고 다행스럽게도 그건 내가 대답해 줄 수 있겠네요. 당신은 세상에서 가장 저급한 남자와 사귄 겁니다. 그가 무슨 말을 해야 당신 머리에 둥근 해가 떠오르겠어요? 어떤 말을 들어야, "어머나, 그래서 내 남자친구가 나한테는 말 한마디 없이 플로리다로 떠나서 공기 속으로 사라졌구나"라고 말할 거냐고요? 그가 무슨 말을 하든 당신은 만족하지 못할 겁니다. 하지만 지금부터 한순간도 그에게 에너지를 쏟지 않는다면, 당신은 만족하게 될 거예요. 당신은 멍청군을 선택했어요. 또르르 굴려버려요. 던지느라 힘쓰는 것도 아까우니까.

추신 : 혹시 내가 플로리다에 가게 되면, 그놈을 찾아 엉덩이를 힘껏 차줄게요.

상대방의 행동이 사람을 질리게 만들어서, 어떻게 할지 고민조차 안 되는 때도 있다. 당신의 실수는 그런 사람을 선택했다는 것이다. 실수를 만회할 지름길은 실수에서 배우고, 얼른 거기서 빠져나와 이제부터라도 현명하게 선택하는 것이다. 서두르자. 소중한 시간을 낭비하지 말고.

아주 단순한 진실

누군가 연락을 끊으면 그렇게도 가슴 아픈 이유는, 사랑하는 사람의 마음이 오래 전부터 떠나 있었다는 사실을 똑바로 봐야 하기 때문일 거다. 그가 연락을 끊기 오래 전부터 나한테 거짓말을 했다는 것을 깨닫는 게, 어찌 보면 더 힘든 대목이다. 내가 뭘 잘못했는지, 어떻게 하면 이렇게 되지 않았을지 돌이켜 묻지 말자. 소중한 마음과 시간을 그가 왜 그랬는지를 알아내는 데 쏟지도 말고. 그가 한 말을 죄다 되새기면서, 무엇이 진실이었고 무엇이 거짓이었는지 고민하지 말자. 알아야 할 것은 좋은 소식뿐. 그가 가버렸다는 사실 말이다! 할렐루야. 잘 가라, 배불뚝이! 안녕! 굿바이!

♀Liz 여자들이 어려워하는 이유

아, 참아줘. 이건 있을 수 없는 일이다. 그가 연락을 뚝 끊은 것. 그가 불쑥 전화, 이메일, 데이트 모두를 중단해 버렸다. 어느 정도 관계가 무르익었다고 생각한 참이었는데. 한쪽이 관계를 끝내기로 결정하면, 간단하게나마 설명이라도 할 거라고 믿고 있던 판인데. 그런데 아무 설명도 없이 조용하기만 하다. 변명도 없고, 작별인사도 없다. 그는 자취를 감춰버렸다. 사귀던 남자가 아무 말도 없이 종적을 감추기로 한 것보다 더 뼛속 깊이 시린 일이 있을까. 그보다 나쁜 일이 또 있을까. 최악이다.

처음에는, 마음이 아프다. 하지만 그 다음에는 무력감이 느껴진다. 완전히 무기력해진다. 그는 연락을 뚝 끊었고, 나는 그에게 아무 가치나 의미가 없었던 듯이 느껴진다. 다시 한 번 충격을 받는다. 그가 전에는 이런 식으로 행동한 적이 없는데. 이제 믿기 힘들 만큼 실망스럽다. '정말일까? 이제 그를 좋아하면 안 되는 건가? 이제 그를 나쁜 자식이라고 생각해야 되는 거야? 서로 사귀다가 결국 이렇게 되고 마는 거야? 틀림없이 무슨 이유가 있겠지.' 그러고 나서 이 대단한 남자가 연락을 끊은 이유를 생각해 내기 위해 힘과 시간을 쏟아붓기 시작한다. (바빠서 그래, 원래 바쁘잖아……. 아마 바빠서 그럴 거야.) 그가 정신을 차리고 적어도 이메일이라도 날려주기를 바란다. 그 다음에는 내가 한 말과 행동, 이메일 내용 중 그를 정떨어지게 한 게 뭘까 따져보기 시작한다. 내가 적절하지 못하거나 부담을 주는 말을 해서 그가 외면할 수밖에 없었나? 나는 전략적인 실수를 저질렀다며 자책한다. '아, 더 잘했으면 좋았을걸! 그랬다면 아직도 그가 내 남자일 텐데!' 아니면 그가 길바닥에서 쓰러져 죽었을까 봐 걱정하기도 한다. 그게 아니라면 왜 연락이 뚝 끊겼겠어?

그러면 그에게 전화해서 무슨 말인가 하고 싶어진다. 혹은 편지를 보내고 싶어진다. 화가 나거나 마음이 아프기도 하다. 혹은 그가 혼수상태로 병원에 있어서 연락을 못 하고 있는 거라는 희망을 갖는다. 하지만 어떤 기분이든, 그에게 소리를 지르거나 무슨 일인지 알 권리가 있다는 생각이 든다. 사정을 모르는 것보다 나쁜 게 있을까? 물론 없을 것이다. 그에게 한마디 따져 묻지 못하는 게 더 원통하겠지만.

그렉은 아마 이렇게 말하겠지. 최상의 복수는 화를 내지 않고 빨리 감정적인 거리를 유지하는 거라고. 그렉은 우리가 이미 답을 알고 있다고 말할 거다. 남자가 같이 있기 싫었던 거라고, 면전에 대고 말할 용기도 없는 자였다면서. 그 정도면 충분한 대답이 아니냐고? 그러면 나는 그렉에게 말하겠지. "아뇨, 그 정도로는 어림없어요. 이건 충분한 대답이 아니니까요. 난 이유를 알고 싶다고요." 그러면 그렉은 말하겠지. "정말이요? 확실해요? 남자가 더 이상 만나고 싶지 않은 이유를 꼭 미주알고주알 들어야겠어요?"

그렉이 싫다.

결별은 끔찍한 일이다. 하지만 정말 마음이 뒤숭숭한 일은, 내가 결별할 가치도 없는 인간처럼 느껴지는 것. 그것에 대해 '조처'를 취하고 싶은 마음이 드는 건 당연하다. 그렉은 돌아보지 말고 떨쳐버리고 나오라고 말한다. 나로서는 (또 많은 이들은) 마무리 짓지 않고 사는 게 가장 견디기 힘들다. 그러니 무슨 이유인지 알기 위해서 남자에게 전화를 걸게 되는 것이다. 하지만 그렉은 또 잔소리를 늘어놓으면서(그는 정말 모르는 게 없는 남자다), 전화를 걸거나 이메일을 쓰기 전에 머릿속으로 정리를 해보라고 말하겠지. 연락을 하면 기분이 나아지겠느냐고? 내가 그러면 그의 마음이 바뀔 거라고 생각하느냐고? 그가 돌아오게 할 방법으로 그것밖에 생각 못 하겠느냐고? 그러면 나는 그렉에게 웃기지 말라고 말하고 나서, 그에게 전화를 하겠지. 하지만 나랑 더는 연락하고 싶지 않다면, 내 앞에서 말할 용기나 예절도 없는 사람이라면, 이미 알려줄 건 다 알려준 셈이겠지. 다만 이건 실천하기가 가장 힘든 대목이다. 그래도 나는 잘 견디는 여자가 되고 싶다. 우리 모두에게 행운이 깃들기를!

♂Greg 여자들이 이런 모습이면 좋겠다!

부끄럽지만, 총각 시절 어떤 여자에게 '연락을 두절한' 전과가 있음을 고백한다. 1년 후 그녀가 한 카페 앞에 서 있는 것을 우연히 목격했다. 여자는 멋져 보였고, 대단한 미남과 손을 잡고 있었다. 그때 난 그녀의 머릿속에 내 자취가 흔적도 없다는 걸 깨달았다. 아마 내가 전화를 하지 않은 지 2분 만에 나에 대한 기억은 싹 지워졌겠지. 내 처신에 비해, 그녀의 삶은 진짜 품위 있어 보였다.

난 성공했어!

오케이~ 그렉. 그 프랑스 남자한테 이메일 보내지 않을게요. 약속해요.

리즈

그렉의 말을 믿지 못하겠다고?

앙케트에 참여한, 여자에게 연락을 뚝 끊은 남자 100퍼센트가 이렇게 대답했다. 자신이 지독한 짓을 저지르고 있음을 알고 하는 일이며, 여자가 전화하거나 찾아온다고 해도 마음이 변하지 않았을 거라고.

이것만은 꼭 알아두자!

- ✔ 그가 기억상실증으로 병원에 누워 있을지도 모른다. 하지만 당신한테 반하지 않아서일 가능성이 더 크다.
- ✔ 대답이 없는 것도 대답이다.
- ✔ 남자에게 거절할 기회를 또 주지 말 것.
- ✔ 그에게 악쓰는 것은 그의 어머니에게 맡기자. 당신은 워낙 바쁘니까.
- ✔ 혼자서 문을 닫아야 하는 때도 있는 법이다.
- ✔ 미스터리 같은 건 없다. 그가 연락하지 않는 이유는 당신에게 어울리는 괜찮은 사람이 아니기 때문이다.

연습해 볼 것

그 남자가 시간을 쓸 가치가 있는 인간이라면 연습문제를 내겠지만, 그럴 만한 인간이 못 되니, 오후에는 시간을 비워서 밖으로 나가 즐거운 시간을 보내도록.

—사랑을 담아서, 여러분의 친구 그렉과 리즈

이 정도로는 성이 안 찬다면……

이 책에 나오는 방법 가운데 가장 유서 깊은 기술이지만, 효과는 확실한 게 있다. 남자에게 무지무지 긴 편지를 써라. 묻고 싶은 내용을 다 쓰자. 하고 싶은 말을 다 하자. 욕하고 싶으면 욕설을 퍼붓자. 그의 엄마 욕도 마구 해대고. 그런 다음에는 (짐작하겠지만) 편지를 빡빡 찢어 버릴 것!

당신이 형편없는 작자 때문에 허비하게 봐줄 수 있는 시간은 딱 거기까지다.

Part 10

그를 독차지할 수 없다면,
그는 당신에게 반하지 않았다

당신의 사랑이 자유롭지 않다면, 그건 진짜 사랑이 아니니까.

논란의 여지가 많은 주제이긴 하지만, 난 이야기하고 싶다. 누군가에게 아무리 강하고 진한 감정을 느끼게 되었다 해도, 그가 온전히 '정직하게' 행동하지 못할 처지에 놓여 있어서 당신을 적극적으로 사랑하지 못한다면, 그 감정은 무의미한 것이다. 물론 아주 진하고, 깊고, 또 너그러운 감정일지도 모른다. 당신은 "이제껏 느껴보지 못한 감정이고, 앞으로도 이런 감정은 경험해 보지 못할 거예요"라고, 말할런지 모른다. 하지만 그게 무슨 상관이겠는가? 당신이 '사랑' 하고 있다는 사람이 온종일 아무 거리낌 없이 당신을 생각할 수 있는 상태가 아니라면, 그건 진정한 사랑이 아닌 것을! (흐음, 미안하다. 그냥 조금 비아냥대느라 그놈의 '사랑'에 작은따옴표를 붙이고 말았다.)

'그의 부부생활은 행복하지 않잖아'

그렉 보세요

난 직장 상사와 만나고 있어요. 그는 아내가 있고요. 사람들 모르게 만나고 있기 때문에, 우리가 사귄다는 사실을 아무도 알지 못하죠. 나는 정말 '진심으로' 그를 사랑하고 있고, 그도 날 사랑해요. 결혼한 남자와 만나는 게 나쁘다는 건 알지만, 그의 아내는 그에게 너무 못되게 구니까 상관없다고 생각해요. 그들은 섹스를 안 한다더군요. 그는 오직 내가 있기 때문에 버틸 수 있다고 말한답니다. 그는 힘든 시간을 겪고 있고, 나는 그를 사랑하고 있는데, 어떻게 헤어질 수 있겠어요?

블레어

이봐요, '베일에 가려진 여인'님

정말이에요? 우리가 이런 대화를 꼭 해야겠어요? 왜 유부남과 데이트하면 안 되는지, 내가 꼭 설명해야겠느냐고요? 그래야 한다면, 좋아요, 설명하죠. 당신 상사의 실상은 바로 이렇답니다. 그는 이미 결혼했고, 지금은 바람을 피우고 있어요. 이런 사실만으로도 많은 걸 짐작할 수 있죠. 첫째, 그는 정직하지 않고도 아무렇지도 않은가 보군요. (어쨌든 잘하고 있네요.) 둘째, 그는 아내를 속이고 있어요. (대단하죠?) 셋째, 그는 자기 결혼생활에 충실하지 않아요. (굉장하시군요!) 넷째, 이건 특별히 당신과 관련 있는 대목인데, 그는 당신에 대한 배려가 없어요. 왜냐하면 그런 관계를 통해 당신이 얻는 것은 오직 상처뿐이니까요. '창피하고 부끄러운' 베일에 싸인 잃어버린 시간뿐이고요. (여자인 당신이 늘 꿈꾸던 게 바로 이런 건가요?) 게다가 이건 직장 내에서 일어난 외도인데, 사랑이 깨지거나 들통 나버려서 그의 일과 결혼이 위태로워지면 과연 누가 회사를 떠나야 할까요? 바로 당신입니다! 잘 나가는 직장인으로서 누구의 명성이 훼손될까요? 당신이라는 걸 알겠어요? 빙고! 그렇습니다. 그의 결혼생활이 아무리 끔찍해도, 그의 부인이 아무리 못된 여자라도, 그가 다른 여자를 만나야 할 정도로 심하지는 않을 거예요. 그렇게 상황이 나쁘다면, 그는 이미 거기서 빠져나왔을 테니까요. 좋은 관계는 비밀 속에서는 꽃을 피우지 못해요. 어서 환한 거리로 나가서, 요란하게 사귈 수 있는 남자를 찾도록 하십시오.

만나고 있는 남자의 아내가 마귀할멈에다 고약한 여자라면, 그와 사귀는 것에 대해 합리화하기 쉽다는 것을 알고 있다. 하지만 그들 부부의 관계나 주위환경이 어떻든 상관없이, 결국 당신은 남자가 자기 아내를 속이는 것을 거드는 셈이 된다. 당신이 그 정도의 인간은 아니지 않은가? 자신을 아까워해라. 당신은 그래도 된다.

'유부남이지만, 진짜진짜 좋은 사람인걸'

그렉에게

내가 이렇게 될 줄 몰랐어요. 유부남과 사귀면 안 된다는 걸 알면서도, 결국 그렇게 되고 말았네요. 다른 도시에서 있었던 회의에서 그를 처음 만났고, 그가 이쪽으로 출장을 오게 되어서 다시 만났어요. 우린 사랑에 빠졌어요. 그러다 보니 애인 사이가 되었고요. 그가 올 때마다 만나는데, 요즘은 더 자주 와요. 이런 관계가 좋지 않다는 건 잘 알아요. 하지만 그는 다정다감하고 좋은 사람이에요. 전에는 이런 적이 없었다고 하더군요. 아내에 대해 험담도 안 해요.

어쩌죠? 우리는 깊이깊이 서로를 사랑하고 있어요. 나는 서른여섯이고, 이제껏 이렇게 강한 감정은 처음이에요. 그 남자도 그렇대요. 그는 아내와 헤어지겠다고 말하지만, 아직 두 아이는 어리거든요. 이혼은 아이들에게 힘든 일이 될 테니까요. 이 모든 일 때문에, 그는 고통스러워하고 있어요. 나도 힘들긴 하지만, 한편으로는 이런 사랑의 감정을 누릴 자격이 있다고 믿어요. 이처럼 강하게 와닿는 느낌이라면, 진짜 사랑일 테니까요. 내 경우는 유부남과의 전형적인 외도가 아니에요, 그렉. 이건 나만이 겪을 수 있는 거라고요. 다른 사람의 경우와는 완전히 다르다니까요.

벨린다

'완전히 다른 여자' 님께

이봐요, 헛똑똑이 양반! 당신이 깊고 강한 사랑을 누릴 자격이 있다는 걸 안다니 그것 참 잘됐네요. 다만, 당신이 모든 것을 다 가질 수 있는 사람을 사랑해야 한다는 생각이 드는군요. 세상에 흔해 빠진 게 남자랍니다. 이제 좀 당신만의 남자를 찾지 그래요? 맞아요, 때로는 사랑 때문에 쓰러지기도 하고, 엉뚱한 상대와 결혼하기도 하고, 또 열정에 휩싸이거나 옳지 못한 선택을 하기도 해요. 이 모든 게 한낱 '바람'으로 끝날 수도 있지요.

이제 당신과 '당신의 그이'는 이 상황을 이렇게 해결할 수 있을 겁니다. 잠시 떨어져 있는 동안, 남자가 자기 인생을 정리하는 거죠. 그가 아내를 선택한다면, 당신은 이혼할 마음이 전혀 없는 유부남의 바람 상대에 불과했던 거예요. 그가 아내와 헤어진다면, 당신은 그 남자와 당당하게 인생을 시작할 수 있을 거고요.

지금 마악, 내가 조금은 혀에 발린 말을 하긴 했지만, 이제 듣기 좋은 말은 하지 않겠다. 당신은 사랑하고 싶었고, 또 사랑받고 싶었다. 그리고 마침내 그 사랑을 찾았다고 생각한다. 그러나 그는 이미 결혼했다. 그 사실을 무시하려 들면 안 된다. 그는 다른 사람과 결혼한 남자니까.

당신이 다른 여자와 다르다는 걸 나는 알고 있다. 또 당신의 연애는 다른 유부남과의 연애와 다르고. 하지만 그가 결혼했다는 사실은 바뀌지 않는다.

당신이 평생 동안 챙겨두고 있어야 할 '이건 절대 안 돼!'라는 붉은 깃발이 있다면, 제발 그 유부남에게 흔들기를 바란다. 마구. 결혼한 남자와의 연애는 주변의 모든 이를 위험에 몰아넣는 일이므로.

'묵묵히 기다리면, 다 잘될 텐데……'

그렉에게

정말 재미있고 친절한, 상큼 발랄 자체인 남자와 만나기 시작했어요. 그는 전화도 잘 하고, 먼 곳에 살면서도 날 데리러 오죠. 그와 함께 있을 때면 정말 좋았어요. 문제는 딱 하나. 그가 구질구질한 양육권 분쟁에 휘말려 있어서 만날 때마다 그 이야기를 한다는 거예요. 한두 번도 아니고, 진짜 짜증 나는 일이죠. 지겹고. 내가 제발 그만하라고 해도, 헤어진 아내 이야기를 하지 않을 수 없나 봐요. 그녀가 얼마나 싫은지, 그녀가 얼마나 거짓말을 잘하는지……. "그 여자의 코를 납작하게 눌러줄 거야"라고 말하죠. 지금이 그에게는 힘든 시기라는 걸 알아요. 그래도 나, 타이밍이 안 좋다는 이유만으로 그냥 넘어가고 싶지는 않아요. 그가 매번 분통을 터뜨리는 걸 들어주고, 잘한다고 지지해 줘야 하는 걸까요?

팸

'한밤중의 오아시스' 님께

오호, 그래요? 재미있고 친절한데다 상큼 발랄한 사람이긴 하지만, 당신을 만날 때마다 분통을 터뜨리며 전 부인 얘기만 하는군요? 뭔가 함정이 있는 거 같다…… 감이 그래요. 숙녀 여러분, 진심으로 하는 말입니다. 요즘은 괜찮은 남자를 찾기가 워낙 어려워서, 전화 버튼 누르는 손가락이나 운전해 줄 두 손만 있는 남자라면 무슨 짓을 저질러도 용서가 되나 봅니다. 우린 지금 슬픈 불륜 이야기를 하고 있어요. 내가 어떻게 하면 좋을지 모르겠군요. 분노로 꽉 찬 그의 머리에 여유 공간이 없다는 이유만으로도, 그가 당신에게 몰두할 가능성은 없어 보이는군요. 나는 이렇게 생각해요. 그가 하는 '마누라를 죽이고 싶어' 라는 제목의 원맨쇼를 당신이 앉아서 다 들어줄 이유는 없는 것 같다고요. 당신을 그리워한다면, 그는 일을 마무리 짓고 맑은 정신으로 당신에게 전화하면 됩니다. 당신은 그 시간에 더 나은 일을 하면서 지내면 될 거고요. 밖에 나가서, '고품격' 연극을 볼 수 있는 티켓을 사는 것도 좋겠군요.

다시 말하지만, '참고 기다리기만 하면 다 잘될 거야'라고 생각해야 하는 사이라면 십중팔구 결코 건강한 관계가 아니다. **그 남자는 당신이 투자할 만한 우량주가 아니니까. 감정에 있어서도 여유를 가지고 있어서, 당신과 산뜻하게 만나고 이야기하고 미친 듯이 사랑에 빠질 수 있는 남자여야 한다. 그럴 수 있으니까 당신을 만나는 것 아닌가. 당신이 최소한의 예의를 요구하고 싶다면, 남자는 최소한 같이 있으면서 당신에게 몰두하는 배려를 할 줄 알아야 한다.**

아주 단순한 진실

여러분은 갖가지 다른 상황에 처해 있는 남자를 만나게 될 것이다. 진짜 당신에게 반한 남자라면, 당신을 놓치지 않기 위해 자신의 문제를 얼른 털어버리려고 할 것이고. 어떤 남자는 자기 감정을 분명히 밝혀 모호한 부분이 없도록 하면서, 당장은 현실을 감당하기 어렵다고 털어놓을 것이다. 그러면 당신은 상대방의 상황을 확실히 알 수 있을 테고, 그는 마음의 준비가 되면 당신에게 달려올 것이다. 당신 같은 사람을 쉽게 잊지는 못할 테니까.

♀Liz 여자들이 어려워하는 이유

어떤 책에서 읽거나, 누구를 통해 듣거나, TV에서나 볼 수 있을 법한 얘기가 아니라, 바로 당신 자신의 일이니까 견디기 힘든 거다. 당신은 그의 아내나 애인과 똑같이 행복을 누릴 자격이 있다. 가끔은 천생연분을 만나기 전에 결혼하는 사람들도 있다. 혹은 결혼생활을 제대로 못 해서 아무것도 남지 않는 관계도 있다. 결혼은 안 했지만 여자에게 상처 입은 적 있는 남자들은 그 관계를 정리하면서, 동시에 다른 여자와 관계를 맺기도 한다. 그러니까 그가 과거의 여자를 떨쳐낼 때까지 기다려야 하지 않을까?

이런 이야기에서 중요한 의미를 갖는 말은 바로 '기다림'이다. 당신은 기다려야 한다. 때를 기다리면서 혀를 깨물고 욕망을 억눌러야 한다. 그 남자는 정말 특별하니까. 그 남자 정도면 당신이 원하는 것을 얻지 못하는 한이 있더라도 그 근처에서 얼씬댈 만하다. 그러는 동안 그는 시간을 갖고 상황을 정리하겠지. 그만큼 특별한 남자인 거다. 단지 당신만 그렇게 하지를 못할 뿐.

우리는 별다른 요구 없이 때를 기다리면서, 훨씬 적게 얻어도 행복을 느끼는 데 익숙하다. 난 결혼한 남자와 사귀어본 적은 없지만, 감정상 결함이 있는 남자와 사귀는 데는 이골이 난 사람이다. 솔직히 말하지, 뭐.

어떤 이유에서든 사랑하는 남자가 지금 당장 내 것이 될 수 없다는 걸 알게 되면, 갈망과 상심이 밀려들면서 이 연애가 진짜 숭고하고 로맨틱하고 드라마틱하게 느껴진다. 웃기는 일이다! 기꺼이 그를 기다릴 각오도 새롭게 다지고. 그를 향한 내 감정이 워낙 크고 깊으니까 말이다. 진짜 아이러니! (물론 내 것이 될 수 없기 때문에, 그래서 그를 향한 감정이 그토록 크고 깊다는 혐의를 둘 수 있지만, 그거야 법정에서 증명할 수 있는 문제가 아니니까.) 이런 사실이 아무렇지 않다 해도, 이 책이나 친구 또는 정신과의사의 말에도 여전히 마음이 흔들리지 않더라도, 결국 당신은 그 연애에 싫증이 날 것이다. 내가 그랬던 것처럼.

때로는 어떤 심리치료도 아무런 효과를 보지 못할 때도 있다. 그럴 때는 지루함이 마구 밀려들어야 한다. 남들이 가진 것보다 늘 덜 가져야 한다는 것에 대해 마구 싫증이 나야 한다. 자신은 이보다 나은 대접을 받을 자격이 있다는 생각이 들기 시작해야 하고.

자신을 사랑하는 법을 배웠거나, 몸무게가 줄어서거나, 정신과 상담을 해서가 아니라, 그냥 지루해져서 어느 순간 그런 생각이 들게 된다. 매번 반복되는 똑같은 비참함에 싫증이 나는 거다. 바로 내가 그랬다. 여러분은 훨씬 빨리 제자리를 찾기 바란다.

♀ Liz 여자들이 이런 모습이면 좋겠다!

내 친구는 애인과 헤어진 지 얼마 안 되는 남자를 만났다. 그는 여자와 3년 동거 끝에 2주 전에 갈라섰다고 했다. 친구는 그것이 '외로움을 달래기 위한' 로맨스가 될지도 모르겠다고 걱정했다. 그 남자 역시 내 친구가 그런 대상일지 모른다고 생각했고…….

하지만 그는 아직 마음의 준비가 안 됐다고 둘러댈 수 있는데도 그러지 않았다. 내 친구에게 정말 반한 그 남자는 더 적극적으로 사귀어보고 싶어했다. 지금 그들은 진지하게 만나고 있다.

🏆 난 성공했어!

최근에 인터넷 채팅을 통해 3개월 전에 부인과 사별한 남자를 만났어요. 우린 데이트를 몇 번 했는데, 그는 아직 다른 사람을 만날 준비가 안 된 것 같았죠. 슬픔이 너무 깊어서, 부인이 좋은 여자였다는 얘기만 되풀이했거든요.

나는 그를 보살펴주고 싶은 유혹을 느꼈어요. 힘든 시기를 잘 넘기도록 지켜주고 싶었죠. 그가 좋았고, '상태가 더 좋아지면' 그가 어떤 모습일지 환상을 갖기도 했어요.

하지만 그때 깨달았어요. 나는 누군가를 '치유해 주는' 관계를 원치 않는다는 사실을요. 당신이 부인과 사별한 지 얼마 되지 않아서 데이트하는 게 불편하다고 그에게 말했죠. 하지만 문을 완전히 닫지는 않겠다고, 시간이 흐른 다음에 다시 만나고 싶다고 했어요. 그런 다음 집으로 돌아왔고, 지금은 인터넷에서 사람을 계속 찾고 있어요.

제닌

그렉의 말을 믿지 못하겠다고?

한 친구는 처음 데이트한 여자에게서 유부남과 사귄 적이 있다는 말을 들었다. 그는 곧장 그녀에게 다시는 만나지 말자고 말했다. 스스로를 사랑하지 않아서 부적절한 관계에 빠져든 여자를 내가 왜 좋아해야 하느냐고 하면서!

이것만은 꼭 알아두자!

✔ 그는 유부남이다.

✔ 당신이 그를 독차지하지 못한다면, 그는 여전히 그 여자의 남자일 뿐이다.

✔ 세상에는 멋지고 근사한 독신남성이 수두룩하다. 그런 남자를 찾아서 데이트하자.

✔ 남자가 전 부인에 대해 나쁜 말을 늘어놓거나 헤어진 여자친구 때문에 징징대면, 다른 남자와 영화 구경을 가도록.

✔ 그는 진짜로 유부남이다.

✔ '그런' 여자가 되지 말자.

✔ 당신은 쉽게 잊혀질 여자가 아니다. 그가 준비가 되었을 때, 당신을 찾아오게 할 것.

연습해 볼 것

남자에게 원하거나 원했던 일들을 쭉 적어보자. 다섯 가지 정도면 좋겠다.

1.

2.

3.

4.

5.

이제 위의 목록을 보자. 거기에 '유부남'이나 '감정적으로 문제가 있는'이란 표현이 있는지?

그렇다, 우린 없을 거라 믿었다. 당신처럼 자존심 강하고 영리한 여자가 그런 생각을 할 리가 없을 테니까.

Part 11

당신의 감정을 무시한다면,

그는 당신에게 반하지 않았다

진정으로 누군가를 사랑한다면, 그 사람을 행복하게 해주고 싶어한다

"그는 좋은 사람이에요. 정말로요. 단, 내게 입 닥치라는 말만 안 하면 좋겠어요." 그렇다, 그게 문제다. 그런 태도를 무시하려고 하지 말도록. '장점이 많은 남자' 라는 건 알아드리겠다. 그러니까 당신이 사랑했을 테니까. 나는 당신이 '나쁜 녀석'을 사랑할 사람이 아니라는 사실을 알고 있다. 당신의 문제를 해결할 방법이 여기에 있다. 그와, 그의 장점을 싹 잊어버릴 것. 그의 단점까지도 머릿속에서 지워버리자. 자신에게 딱 한 가지 질문만 던져보길. 그가 당신을 행복하게 하는가?

인간이란 복잡한 동물이다. 사랑스러운 점과 기능 장애적인 점이 뒤섞여 있는 게 사람이다. 당신이 몹시도 헷갈리는 이유가 거기 있

다. 그러니까 그런 것들을 파악하려 애쓰는 것은 시간낭비일 뿐인 거다. 그가 당신을 행복하게 하는가? 때로는, 그리 자주는 아니지만, '장점이 단점을 누르는 것'을 말하는 게 아니다. 그가 당신의 삶을 더 좋게 만들어주려고 매일 많은 시간과 에너지를 쏟고 있나 꼼꼼히 짚어보길. "그렇지 않아"라는 대답이 나온다면, 가서 훨씬 좋은 남자를 찾도록.

'노력하겠다고 말은 하는데……'

그렉,

내 남자친구는 이기적인 사람이에요. 날 사랑한다고 말하면서 자기 생활에 나를 포함시키거든요. 우리는 가족끼리도 친하니까, 그런 면에서 보면 아주 좋은 남자죠. 하지만 4년이나 같이 살았는데도 집안일을 전혀 하지 않아요. 근사한 데이트를 하려는 노력도 전혀 안 하고, 내 생일도 잘 챙기지 않고요. 꽃을 선물한 적도 없고, 우리의 개를 산책시키지도 않고, 듣기 좋은 말도 안 하죠. 내가 그의 친구들을 위해 멋진 저녁식사를 준비해도 고마워하지 않더군요. 그다지 상냥하지도 않고, 나와 함께 멋진 휴가를 보내고 싶어 하지도 않아요. 그런 것들에 대해 내가 이야기하면, 그는 노력하겠다고 다짐하지만 그후 변하는 기미가 없어요.

그가 나를 사랑하긴 하는 걸까요? 내가 너무 별난 건가요?

폴라

'나쁜 작자' 님께

설마요, 농담이겠죠. 당신이 쓴 편지를 스스로에게나 친구들에게 읽어줘 보세요. 답을 모르겠다면 경찰서에 신고하고요. 누군가 당신 뇌를 훔쳐간 거니까.

추신 : 당신의 질문에 대한 내 답변은 "아닌데요" 입니다. 사랑하는 사람들이라면 서로 잘해주려고 노력하기 마련이지요. 어떤 사람은 상대에게 배려하는 정도를 넘어, 더 나은 삶을 꾸려가려고 노력하고요. 그 남자는 당신을 사랑한다고 생각할 거예요. 아마 그럴 테죠. 하지만 사랑은 제대로 못 하는군요. 그가 당신에게 반하지 않았을 때와 똑같은 결과를 보이니까요.

같이 사는 남자가 갑자기 몹시 이기적이라는 생각이 불쑥 든다면, 4년이란 세월에 연연하지는 말자. 그 남자는 만난 첫날부터 본 모습을 보이려 했을 가능성이 크니까.

'불행한 성장기 때문에 그런 걸 거야'

그렉에게

1년 정도 사귄 남자가 있어요. 그는 모든 면에서 완벽하고요. 다만 형제가 한 명 더 있고, 정신이 온전치 못한 어머니로 이루어진 힘든 가정에서 자랐지요. 저는 가족들 사이의 정이 끈끈한 가정에서에서 자랐고요. 그는 우리 가족과 함께 있는 시간을 버거워해서, 가능한 한 우리 집에는 안 가려고 해요. 내가 우리 집안 행사에 데려가면, 시무룩해 있고 퉁명스럽게 굴어요. 그 점에 대해 이야기해봤는데, 가족이란 존재는 자신에게 별 의미가 없어서 그렇다고 해요. 이런 사람과 장래 계획을 세운다는 게 자꾸만 힘들어지네요. 하지만 우리 두 사람이 잘 지내는 게 더 중요하지 않나요? 결국 그도 우리 가족에게 익숙해질 거고, 다들 잘 어울리게 될 거예요, 안 그런가요? 우리 가족은 정말 좋은 사람들이거든요.

에니드

'가족이 중요해' 님께

그러니까, 당신의 남자친구는 완벽한 사람이군요? 당신 가족을 좋아하지 않는다는 점만 빼고. 우후! 예외치고는 굉장히 큰 예외네요. 그는 자신의 이기적인 행동을 합리화할 수 있는 핑계를 가지고 있군요. (그게 중요한 부분일 테니까요.) '내가 하고 싶은 일 10가지'에 '상대방의 가족과 함께하기'를 포함하는 사람은 많지 않아요. 하지만 당신은, 언젠가 그도 당신의 가족이 될 날을 바라는 건 아닌가요? 사실 예전에는 가족들의 허락이 있어야 남자를 만날 수 있었지요. (정확히 언제 그랬다고 말할 필요까지는 없죠? 무슨 뜻인지는 당신도 잘 알 테니까.) 그러니까 그 남자 때문에 가족과 등지지는 마세요. 그가 정말 당신에게 반해서 계속 같이 지낼 계획이라면, 당신의 착한 가족을 만날 때마다 탭댄스라도 출 거예요. 당신네 집 '말뚝에 대고' 큰절이라도 할 거라고요.

그 남자가 당신의 CD 컬렉션을 좋아할 필요는 없다. 당신의 구두를 마음에 들어할 필요도 없고. 하지만 성숙한 남자라면 당신의 친구와 가족들을 사랑하려고 노력할 것이다. 그들이 좋은 사람들일 때는 더욱더 그럴 것이고.

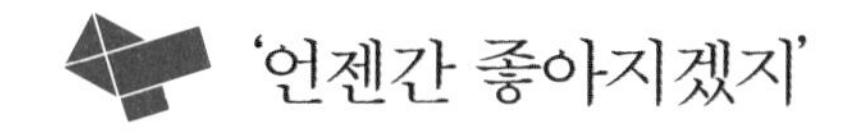

'언젠간 좋아지겠지'

그렉,

난 의대생과 사귀고 있어요. 그는 과로 때문에 만성피로에 시달리는 바람에 화를 잘 내는 사람이에요. 내가 실수로 잠을 깨우면 소리를 지르곤 하죠. 최근에는 큰 시험을 앞두고 있는데 내가 공부를 방해했다면서 윽박지르더군요. 사실 이건 일시적인 현상일 뿐이에요. 의대에 다니고 있기 때문에 그런 걸 테니까요. 맨 처음 만났을 때는 의대에 다니고 있지 않았고, 성격도 이렇지 않았거든요. 정말 부드럽고 사려 깊은 사람이었죠. 가끔 그 사람 역시 기분이 그리 좋지 않아서 그랬던 것뿐이라며 사과하고, 스트레스에 너무 많이 시달린다고 하소연해요. 좀더 참고 기다리면, '원래의' 그 사람이 나한테 돌아오겠죠? 그렉?

데니스

추신 : 게다가 난 어릴 적부터 의사랑 결혼하고 싶었거든요!

'성격파탄 남자의 애인' 님께

그가 다음번 메시아가 되기 위해 공부하고 있다고 해도 난 상관하지 않겠어요. "앞에 오는 차 좀 봐! 조심해!"라고 소리칠 때를 제

외한다면, 어떤 순간에도 다른 사람에게 소리 지르면 안 되니까요. 그리고 그 남자가 그러는 건 일시적인 현상이 아니에요. 윽박지르는 것에는 당연히 원인이 있어요. 분노하게 만드는 문제를 가지고 있는 거니까, 도와주어야 해요. 그런 사람들은 자신이 소리칠 자격이 있다고 생각하고요.

이봐요, 멋진 여자분! 어떤 커플이 되고 싶으세요? 남편이 허구한 날 아내를 닦달하는 부부가 되고 싶어요? 그가 소리치는 아빠가 되길 바라는 거예요? 내가 보기에, 그런 것 같지는 않은 걸요. 하이드 씨가 지킬 박사로 돌아오기를 기다리지는 마십시오. 진짜로 사람을 보살피는 게 뭔지 제대로 아는 남자를 찾아보라고요.

'둘이서만 있을 때가 중요한 거야'

그렉에게

내 남자친구는 너무너무 사랑스러운 사람이랍니다. 우리는 같이 사는데, 그는 나에게 정말 잘해주지요. 돈을 많이 들여서 휴양지에 데려가고, 고민고민해서 고른 예쁜 선물도 사주지요. 그와 함께 있으면 안정감이 느껴져요. 그런데 친구들은 그를 좋아하지 않네요. 다 같이 모인 자리에서 그는 종종 저를 좀 놀리거든요. 내가 아이비리그 대학 출신이 아니라는 점을 비웃고, 어법에 맞지 않게 말하거나 잘못된 정보를 말하면 지적하는 버릇이 있거든요. 다른 사람들 앞에서 내 의견을 부정하고, 시사문제에 대해 잘 알지 못한다고 야단법석이죠. 하지만 난 상관없어요. 그냥 약간 불안해서 그러는 것뿐이라고 생각하니까요. 둘이서만 있을 때는 그러지 않거든요. 정말이에요. 그러니 신경 쓸 필요 있겠어요? 그가 나를 어떻게 대하느냐가 진짜 중요한 거니까요.

니나

'벌 받고 싶어 안달 난 여자' 님께

당신이 '나쁜 인간'을 좋아하는 경향이 있다면, 그 사람이 딱 맞는 것 같군요. 도대체 왜 우월감을 느끼려고 당신을 업신여기는 사람과 같이 있고 싶어하는 걸까요? 더군다나 당신 친구들이 앞에 있는 데서 말입니다! 어느 아이비리그 대학에서 '공개석상에서 다른 사람 업신여기기'를 가르치고 있나 모르겠네요. 당신 친구들 앞에서 당신을 무시해 봤자 자기 얼굴에 침 뱉기란 것을 그가 모르는 걸 보니, 대학시절 전공이 '공개석상에서 다른 사람 업신여기기' 였을 것 같군요.

둘이 있을 때는 잘해주는데, 왜 신경 쓰냐고요? 왜냐하면 그가 사람들 앞에서 당신을 무안하게 하려고 안달이 난 사람 같으니까요. '미스터 잘난 척'은 당장 차버리십시오. 그런 다음 '친구들 모임에 데려갈 만한 남자'를 찾아보세요.

'나를 도우려고 애쓰는걸'

그렉,

내 남자친구는 내가 현재 겪고 있는 고통을 잘 이해해 주는 사람이에요. 난 항상 비만과 싸우고 있어요. 그는 운동벌레고 음식에 굉장히 신경을 쓰는 사람이고요. 내가 뭘 먹어야 하는지, 뭘 먹으면 안 되는지 말해 주지요. 내가 그의 눈을 속이려 하면, 어떻게 알았는지 그는 그 살들이 곧장 엉덩이로 갈 거라고 말해요. 몸무게가 늘면 깐깐하게 지적하지만, 살이 좀 빠져서 몸매가 보기 좋아지면 칭찬해 주곤 하고요. 그가 내 고민을 깊이 헤아려주어서 참 좋다는 생각이 들어요. 하지만 친구들은 그가 내게 못되게 군다고 말한답니다. 물론 내 의견은 달라요. 당신은 어떻게 생각하나요, 그렉?

나디아

'비만 여인' 님께

당신의 남자친구는 트레이너라기보다는 스토커 같군요. 기억을 환기시키기 위해 말하는데요, 그는 당신의 남자친구라고요! 하지만 영리한 스토커같이 구는군요. 당신이 자신에 대해 불만스러워하는 걸 알고 그걸 이용하는 거예요. 남을 괴롭히는 자들은 자기보다 약한 사람을 먹이로 삼거든요. 매일 역기를 들고 운동하는 사람이라도 약자일 수 있지요. 지금은 당신이 있는 힘을 다해 그에게서 달아나 절대 뒤돌아보지 말아야 될 때입니다.

앞서 나온 세 명의 여자들 이야기에 대해서는 한꺼번에 이야기하겠다. 머리를 툭툭 치고 목을 조르지 않아도 폭력으로 간주할 수 있는 짓은 세상에 많이 있다. 거기에는 소리 지르는 것, 공개적으로 창피를 주거나 상대방을 뚱뚱하고 매력 없다고 느끼게 하는 것도 포함된다. 상대방이 당신을 무가치한 인간으로 느끼게 만들면, 사랑의 가치도 느끼기 어려운 법. 이런 관계에서 벗어나라고 말해도 당신은 명심하지 않을 것이다. 그보다 나은 사람을 만날 자격이 있다는 것을 스스로 아는 것이야말로 당신의 출발점이 될 것이다.

다시 한 번 말하겠다. 당신은 그런 남자보다 더 좋은 사람을 만날 자격이 충분히 있는 여성이다.

'난 대단한 남자와 사귀고 있다고!'

그렉,

정말 괜찮은 남자와 세 번째 만났어요. 저널리스트인데, 들으면 놀랄 정도로 대단한 생활을 하고 있죠. 세계 곳곳으로 모험을 떠나는 사람이에요. 모든 것에 대해 굉장히 뛰어난 관찰력을 갖고 있지요. 또 아주아주 재밌고요. 나에게 좋은 말을 많이 해주는데, 그는 어쩌면 날 좋아하는 것 같아요. 꾸준히 데이트 신청을 하거든요. 헤어질 때는 나와의 시간이 아주 멋졌다고 감동된 목소리로 말하죠. 그런데 사실 세 번 데이트하는 동안 나에 대한 질문은 하나도 안 하더군요. 나한테 반한 건 분명한데 말이죠. 아니라면 왜 계속 데이트 신청을 하고, 내가 멋있어 보인단 말을 하겠어요? 어쩌면 굉장한 남자와 데이트하는 게 이런 건가 봐요. 그는 정말 괜찮은 남자거든요, 그렉!

론다

'매혹된 청중' 님께

그렇게 굉장한 남자와 만난다니 대단히 복이 많은 분이군요. 당신은 그가 자위행위 하는 꼴을 지켜봐야 되겠군요. 그는 마치 당신보다 자신에게 반한 남자 같아요. 이런 말 하기는 싫지만, 그는 당신에게 반하지 않았습니다. 당신이 자신의 말에 귀 기울이는 모습에 반한 거지요. 내가 아내와 만났을 때는, 그녀에 대해 뭐라도 더 물어보고 싶어 안달이 났었어요. 그러지 않는다면 그녀에 대해 어떻게 알 수 있겠어요? 그래요, 내 이야기를 아내에게 해주는 것도 좋았죠. 사실 아주 그럴듯한 인상을 심어주고 싶었거든요. 하지만 우린 서로 이야기를 똑같이 주고받았지요. 그녀를 좋은 사람이라고 생각했으니까요.

두 사람이 연결될 때는, 서로에 대해 알고 싶어서 안달이 나지요. 같이 있지 않을 때는 어떻게 생활하는지 알고 싶고, 상대방의 과거도 힐끗 보고 싶지요. 마음도 들여다보고, 살을 뚫고 저 안에까지 들어가고 싶어지는 겁니다. 그 남자는 과대망상증 환자 같아요. 하다못해 당신이 어떤 속옷을 입었는지는 물어봐야죠!

기억하길 바란다, 당신은 멋진 상대라는 사실을. **사람들은 당신을 잡으려고 쫓아올 거다. 레몬 소스만 슬쩍 뿌려도 훌륭한 요리가 되는 것은 그들이 아니라 바로 당신이다. 내 말이 무슨 뜻인지는 이미 다들 아시겠지?**

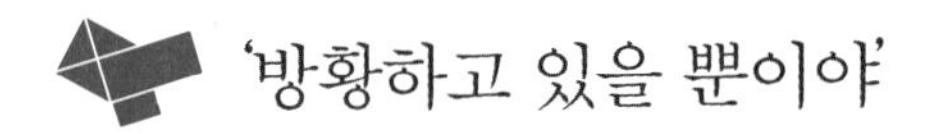

'방황하고 있을 뿐이야'

그렉에게

내 남자친구는 2년 전부터 실업자로 살아왔어요. 진짜 다정다감하고 멋진 남자지만, 인생을 어떻게 꾸려가야 할지 알지 못하고 있거든요. 가끔 바에서 디스크자키로 일하긴 하지만 기본적으로 내가 그를 부양하고 있는 셈이에요. 나는 직장이 있고, 집안에는 돈이 좀 있거든요. 그가 나한테 반했다는 건 알아요. 그렇다면 그 자신이 뭘 원하는지 알기만 하면 되는 거겠죠? 그렇죠? 혹시 좌절감에 빠져서 그럴까요?

줄리

'돈주머니' 님께

이해가 안 되네요. 아침에 싱크대에 그가 쓸 돈을 놓고 나가나요? 아니면 집안일을 하는 대가로 돈을 주나요? 잘 들어요, 돈주머니 님. 그가 당신한테 반했을지도 모르지만, 자기 자신은 별로 안 좋아하는 것 같네요. 그렇지 않다면 당신에게 2년이나 빌붙어 살지 않았겠죠. 당신에게 얹혀사는 건 당신한테 반하지 않은 사람이나 할 짓이거든요. 정말 당신과 자신에게 반한 사람이라면, 최대한 서둘러서 제대로 살려고 노력할 겁니다. 우선 돈을 벌려고 애쓸 거고요. 알아두세요. 이런 남자들은, 자기 삶이 정돈되면 흐뭇한 나머지 새 사람을 찾을 생각이나 하거든요. 사실 괜찮은 여자라면 오랫동안 그 따위로 산 남자를 참고 봐주지 않겠죠?

그러니 이제 그가 자신을 찾아가도록 보내주라고 말하고 싶군요. 다 좋더라도 당신 돈으로는 빈둥대지 못하게 하십시오. 그런 다음 미스터 디스크자키가 다시 당신의 삶으로 돌아오는지 두고 보라고요.

사람들은 늘 힘든 시기를 지나기 마련이다. 하지만 근성이 있는 사람이라면, 아무리 어려운 시기라도 유흥비로 쓰기 위해 500달러 같은 큰 돈을 빌리는 짓은 안 한다. 당신이 걱정해야 하는 일은 딱 한 가지다. 당신과 당신 집안 돈에 기대어 편히 살려고 하는 남자가 아니라 성실하고 근성 있는 남자를 만나는 것이다.

'감정이 풍부한 남자거든'

그렉,

감수성이 예민하고 부드러운 남자를 만났어요. 문제는, 그가 육체적인 애정표현을 좋아하지 않는다는 거예요. 누가 몸을 만지는 게 싫다고 말한답니다. 나와 섹스는 하는데, 내 몸을 애무하는 것은 안 좋아해요. 그 외의 다른 면은 다 좋거든요. 그래서 이런 불평을 하려고 보니 좀 머쓱하군요. 보듬고 만지는 걸 원치 않는 것은 그가 내게 반하지 않았다는 증거일까요? 아니면 그의 취향일 뿐일까요? 이런 문제로 그와 헤어지고 싶지는 않지만, 불만이 있는 건 사실이에요. 난 육체적인 애정표현이 좋거든요.

프리다

'애정에 굶주린 여인' 보십시오

세상에서 가장 큰 즐거움으로 손꼽히는 것을 싫어하는 사람이 있다니 의심스럽다는 말을 안 할 수가 없군요. 그가 싫어하는데 아직 당신이 모르고 있는 게 그것 외에는 뭐가 있을까요? 강아지? 아기? 영혼의 동반자를 갖는 것? 당신은 애정표현을 좋아하는데, 왜 '미스터 결벽증'과의 '접근금지구역'이라는 족쇄를 차려 하는 거죠? 그래요, 어떤 남자는 육체적인 애정표현을 하는 데 힘들어하기도 하지만, 정말로 그걸 즐기지 않는 걸까요? 사실 그건 정확히 파악하기는 힘든 일입니다. 그가 당신한테 반했을지 모르지만, 당신과 같이 지내기에 적합하지 않는 것만은 분명하네요. 떠나라고 말하고 싶습니다. 당신이 좋아하는 것들을 즐기는 남자를 만나서, 애정을 표현하며 오래오래 사시라고요.

애무나 입맞춤, 섹스를 좋아하지 않는 사람도 살다 보면 만나게 될 것이다. 그런 성향을 고쳐보려고 허송세월하기도 하고, 나를 싫어해서 그가 그러는 게 아닌지 고민하기도 한다. 당신에겐 삶의 즐거움이 되는 것들을 남자가 하기 싫어하는 걸 깨달으면, 그런 것들을 좋아하는 남자를 찾아야 한다.

'함께 자는 걸 싫어하는 것뿐이잖아'

그렉,

내가 사귀는 남자는 나와 같은 침대에서는 못 자는 사람이에요. 1년째 그러거든요. 섹스는 늘 만족스러운데, 행위가 끝나면 그는 소파에 가서 잔답니다. 그냥 '감당을 못 하겠어서' 그렇다고 말하고요. 다른 건 다 좋지만, 애착장애가 있어서 그러니 내가 참아야 될 것 같아요. 혹시 그게 나에게 반하지 않았다는 증거일까요? 아니면 그냥 넘겨도 될 일일까요?

글로리아

'별종의 애인' 님께

난 당신과 별종의 관계에 문제가 있다는 쪽에 내기 돈이라도 걸겠어요. 1년이나 그와 한 침대에서 못 잤다고요? 소파에서 끌어내려서 단단히 혼을 내줘야 될 작자군요. 그 별종이 어떻게 생각할지 당신이 신경 쓴다는 것 자체가 세상이 미쳤다는 증거랍니다. 아예 '별종 쇼'를 벌이시지요? 정말로요!

남자를 만나다 보면 별의별 사람을 다 만나기 마련이다. 사실 그런 건 '죽기' 나 '세금 내기'처럼 누구나 당할 수밖에 없는 일이고. 그런 일을 당했을 때, 얼마 동안이나 그에게 휘둘리느냐는 당신 하기 나름이다.

어떻게 해야 할지 잘 모르겠다면, 딱 10분만 내라. 그가 받아들이기 힘든 짓을 하고, 이를테면 도마뱀 꼬리라도 흔들어댄 후 10분이면, 당신은 벗었던 옷을 모두 입을 수 있을 것이고 그는 자기 핸드폰에서 당신 번호를 지울 수 있을 테니까.

아주 단순한 진실

별난 것과 미친 것은 다르다. '별난 것'은 가끔 벨벳 재킷을 입는 거고, '미친 것'은 벨벳 재킷을 입고 있어야만 섹스할 수 있는 거다. 놀리는 것과 욕하는 것은 다르다. '놀리는 것'은 "뷔요크(영화 〈어둠 속의 댄서〉로 잘 알려진 가수—옮긴이)가 전화했던데? 자기 드레스를 돌려달라면서!"라고 말하는 것이다. 욕하는 것은 "세상에! 왜 그렇게 살이 찌는 거야?"라고 하는 거고. 하지만 가장 큰 차이는 당신이다. 당신은 이 남자들에게 그보다 나은 대접을 받을 만한 사람이니까.

♀ Liz 여자들이 어려워하는 이유

지금까지 난 최대한 은유적으로 글을 썼지만, 이번에는 직설적으로 쓰겠다. 우리 주위에 '좋은 남자'는 많지 않다. 통계수치가 그것을 증명하고, 각종 기사와 책이 그것을 입증한다. 아마 이것에 대해 더 설명해 줄 여자는 많을 것이다. 이 책이 바로 그 증거다.

세상에는 좋은 남자보다 좋은 여자가 더 많다. 아마 당신도 그런 말을 들어보거나 해본 적이 있을 것이다. 아, 그리고 잠깐만! 이런 현실도 있다. 자기보다 훨씬 나이가 어린 여자와 사귀고 싶어하는 남자가 많다는 사실. 그런 까닭에 우리 나이가 들면 들수록 우리와 만나고 싶어하는 남자는 점점 줄어든다. 그러니 그렉이 계산기를 들고 우리에게 와서 잘 계산해 보도록 부탁해 보자.

우리가 사랑하고, 우리를 사랑하며, 서로 열정적으로 끌릴 뿐만 아니라 우리를 여왕처럼 대해주는 좋은 남자를 만날 확률이 얼마나 될지.

그래 맞다. 그런 남자는 만날 수가 없다. 그러므로 환상적이고 똑똑하고, 건강하고 재미있고, 친절한 우리 여자들이 기대를 낮추는 것이 합리적인 것 같다. 여러분은 어떤지 모르지만, 난 혼자인 게 싫다. 모임에 혼자 나가는 것도 싫다. 혼자 자는 것, 그리고 혼자 깨어나는 것도 정말정말 마음에 안 든다. 따분한 일을 죄다 혼자서 처리해야 되는 걸 아는 것 자체도 싫다. 섹스 없이 사는 건 죽기보다 싫다. 혼자서 먹을 음식을 만들거나 한 사람 분량의 장을 보는 것도 싫다. 다른 사람의 결혼식에 가기 싫다. 사람들이 왜 아직도 혼자냐고 묻는 게 싫다. 사람들이 왜 아직도 혼자냐고 묻지 않는 것도 싫다. 아직도 혼자이기 때문에 내 생일이 다가오는 것도 싫다. 혼자이기 때문에 '싱글 맘(single mom)'이 될 가능성이 있다는 생각을 해야 되는 게 싫다. 이만하면 내 마음을 아시겠는지?

물론 자신을 함부로 대하는 사람과 사귀어도 된다고 생각하는 건 아니다. 하지만 함부로 하는 행동도 미묘한 차이가 있기 마련이다. 나쁜 남자도 여러 '등급'이 있다. 우리가 얘기하는 남자들은 어떨까? 사실 그들이 무작정 나쁜 짓만 하는 건 아니다. 그들도 가끔은 괜찮은 짓을 하곤 한다. 혼자 있는 것보다는, 친구들은 싫어하는 사람이지만 쇼핑한 물건을 들어다주는 그 사람과 같이 있는 편이 낫겠다고 생각하는 날도 많다. 그리고 함께 있었던 적도 있다.

내가 그런 사람이기 때문에 더 힘든지도 모르겠다. 내게는 너무 힘든 일이니까 그렉이 나서줘야겠다는 생각이 든다. 정말이지 힘들다. 난 현실적인 사람이라서, 통계를 근거로 할 때는 무슨 말을 해야 할지 모르겠다.

우리가 자기 자신을 사랑해야 한다는 걸 알고 있다. 우리는 모두 행복할 자격이 있으니 낙관적으로 생각해야 한다고 믿는다. 또 혼자 지내는 건 그리 좋은 일이 아니라고 생각한다.

그렉, 이래도 우리가 이 남자다 싶은 사람을 만날 때까지 홀로 있으면서, 남자를 고르고, 주저앉지 말아야 (그래서 정착하지 않아야) 되나요? 나 무지무지 외롭단 말이에요. 당신이 이제 이야기하세요. 난 더 이상 할 말 없으니.

♂Greg 난 당신들을 믿는다

이제 우리는 모든 문제의 핵심에 와 있다.

외롭고 쓸쓸한 핵심에 다가서는 것이야말로, 남자가 당신에게 반하지 않은 것보다 심오한 문제일 거다. 나도 잘 안다. 내 여동생도 포함한, 여러 친구들에게 그런 남자 때문에 삶을 망치지 말라고 설득하느라 눈물로 지샌 밤이 많으니까. 그래서 여기서도 최선을 다해 대답하려고 노력하겠다.

외로운 것, 그리고 혼자인 것은 괴로운 일이다. 나도 안다, 알고도 남을 남자거든. 하지만 그래도 이렇게 말해야겠다. 당신 스스로를 하찮게 느끼게 하거나, 당신을 그 모습 그대로 높이 평가하지 않는 사람과 함께하는 것은 혼자 있는 것보다 더 나쁘다고.

통계적으로 볼 때, 좋은 남자와 사귈 가능성은 매우 낮다. 그렇다고 해서 통계 때문에 낙담하거나 겁먹지는 말기를. 이런 통계를 들이대면 겁먹는 것 외에는 아무것도 할 수가 없다. 그래서 나는 "통계는 집어치우쇼!"라고 말한다.

이건 당신의 인생이다. 어떻게 자신의 인생에 믿음을 갖지 않을 수 있겠는가! 나 그렉 베렌트가 당신의 성공적인 삶을 위해 이야기한 것은 믿음에 관한 것뿐이다. 나는 내 앞의 인생이 잘 펼쳐지리라 믿는다. 그리고 나는 당신이 그걸 믿는 것에 선택의 여지는 없다고 거듭 믿는다. 그것을 위해 나는 이 책을 쓰고, 여성들은 이 책을 읽음으로써 깨닫게 될 것이다. 두려워하면서 고민하는 데 신물이 날 테니까.

오랜 세월 남자들에게 제대로 된 대접을 못 받고 지내기에는 스스로를 아까운 사람이라고 믿고 싶을 것이다. 정말 그렇다. 당신은 우수하고 뛰어난, 사랑할 가치가 있는 사람이니까. 이 시점에서 추구할 수 있는 방법은 당신 자신을 영광스럽게 하는 길뿐이다. 무가치한 사내들의 세계에서 벗어나, 일상생활을 꾸리는 데 있어서도 뛰어난 수준의 기준을 세우라는 뜻이다.

통계적으로 시작해 보자. 당신은 섬세한 사람이다. 용기를 갖고 따져보기를. 난 당신이 외로울 수도 있다는 걸 안다. 당신이 영혼의 동반자와 육체적인 관계, 그리고 사랑을 갈구한 나머지 실제로는 아플 수 있다는 것도 안다. 하지만 다른 곳에 더 좋은 일이 있다는 사실을 스스로 파악할 방법은, 우선 다른 곳에 더 좋은 일이 있음을 그대로 '믿는' 것이다. 당신이 그걸 믿을 준비가 될 때까지, 내가 당신

대신 그것을 믿어줄 생각이다.

♂Greg 여자들이 이런 모습이면 좋겠다!

내 친구 에이미는 어릿광대를 무서워한다. 그래서 그녀의 남편 러셀은 아내가 어릿광대를 보지 않도록 막아준다. 어릿광대를 피하는 건 어려운 일이라거나 개인의 희생이 요구되는 일이 아니라고 흔히들 생각한다. 하지만 실제로 한번 피해보려고 하면, 그게 아님을 알게 된다. 생각처럼 쉽지도 않다. 가는 곳마다 어릿광대가 얼마나 많은지, 정말 놀라울 정도다. 하지만 러셀은 어릿광대가 아내의 눈에 띄지 않게 한다. 그녀가 두려워하는 일로부터 보호해 주고 싶기 때문이다.

난 성공했어!

남자친구는 내 친구들한테 친절하지 않았어요. 친구들과 만나면 웃지도 않고 눈도 맞추지 않았지요. 그들이 어떤 사람들인지 알려고 하지도 않았고요. 친구들이 말하는 동안, 그는 고개를 돌리기도 했어요. 친구들이 마음에 안 든다고는 말한 건 아니지만, 그의 태도를 보면 사실 뻔했죠.

그래요, 인정할게요. 그것 때문에 그와 헤어진 건 아니에요. 내가 그 남자한테 차였어요.

하지만 이제 와 돌아보니, 그런 남자와 헤어지길 잘한 것 같네요. 난 매력 있는, 그리고 내 친구들을 좋아하는 남자와 사귀고 싶어요. 친구들이 그를 만나본 다음날 내게 전화해서, "와~ 그 남자 진짜 괜찮더라!"라고 말해 줄 그런 사람과 사귀고 싶다고요.

조지아

그렉의 말을 믿지 못하겠다고?

두렵다는 이유 때문에 약혼녀와 파혼하길 미루는 친구가 있다. (맞다. 우린 자존심 있는 사람들이다.) 내가 제발 이제는 정리하라고 말하면, 그 친구는 늘 같은 말을 한다. "그렉, 난 큰 싸움이 벌어지기를 기다리고 있어. 대판 싸우면 헤어지게 될 테니까." 한편으로 그는 흠을 잡고 말싸움을 걸면서 약혼녀를 못살게 군다. '큰 싸움'이 벌어져서 파혼할 수 있도록 나름대로 노력한다나. 좋은 예는 아니지만, 이 얘기를 듣고 여러분도 경각심을 갖기를.

앙케트에 응답한 남자 100퍼센트가 진짜 반한 여자를 괴롭히거나 창피준 적이 없다고 대답했다. 내 말이 사실이라니까!

이것만은 꼭 알아두자!

- 같이 지내기 어려운 사람을 선택하는 일이 아니더라도, 세상살이 그 자체만으로도 힘들다.
- 당신은 당신에게 늘 잘해주는 사람을 만날 자격이 있다. 물론 당신도 상대방에게 잘해줘야 하고.
- 위험이 눈앞에 닥친 상황이 아니라면, 누구에게 소리를 지를 이유는 없다.
- '특이한 것'은 당신의 아파트가 아니라 서커스단으로 보내라.
- 나쁜 남자는 이미 만난 적이 있다. 다시 경험할 필요는 없다.
- 당신이 누릴 만한 멋진 일들이 당신 삶에 끼어들 공간을 만들어라.
- 믿음을 가질 것. 달리 선택할 게 있을까?

연습해 볼 것

그와 사귀는 게 나에게 좋은 일은 아닌 것 같은데 확신하기는 어렵다면, 다음에 제시한 간단한 문제를 풀어보자.

녹음기의 시작 버튼을 누른 후, 그 남자와 사귀면서 있었던 모든 일들에 대해 이야기한다. 그 다음에는 녹음된 내용을 큰 소리로 재생한다. 세상에서 제일 친한 친구가 나에게 이야기하고 있다고 가정해 볼 것. 친구가 말하는 그 남자가 친구와 어울린다고 생각되는지?

당신이 더 나은 사람을 만날 자격이 있다는 생각을 못 하겠다면, 당신을 안타까워하는 친구를 믿어보려고 노력해 보기를! 그 관계에서 벗어나올 때까지만 친구를 믿어보자.

당신은 '예외'가 아니다

이런저런 말들이 많이 있다. 남자를 쫓아다니던 여자가 마침내 그 남자의 평생 배필이 되었다거나, 가끔 섹스만 하는 여자를 2년 동안이나 개똥처럼 대하던 남자가 결국 그녀의 헌신적인 남편이 되었다거나, 섹스 후 한 달이나 전화를 안 하던 남자가 다시 전화를 해서 후에 둘이 행복하게 잘산다거나, 유부남을 사귄 여자가 마침내 그 남자와 행복한 결혼생활을 즐기고 있다거나…….

우린 당신이 이런 말은 듣지 않기를 바란다. 이런 이야기는 당신에게 아무런 도움도 안 되니까. 이런 건 단지 보통의 경우를 벗어난 예외적인 것일 뿐이다. 우리는 당신이 스스로를 '보통 사람'으로 여기기를 바란다. 자신을 예외라고 생각하는 것이야말로 당신을 힘들게 만드는 요인이 될 테니. 친구들에게 이런 얘기는 그만 하라고 말하기를. 여자가 형편없는 취급을 당했지만 결국 일이 잘 풀렸다는 얘기를 듣게 되면, 양손으로 귀를 막고 "랄랄랄라~" 하고 외쳐라.

당신은 '특별' 하지만, '예외'는 아니다!

Special Part 2

이제 당신만의 기준을 세워라

사실 알고 있다. 우리가 여러분의 삶을 초라하게 만들고 있다는 걸. 우리도 인정한다. 이 책에 등장한 여성들이 나의 대답을 귀담아 들었다면, 지금쯤은 혼자가 되어 있을 거다. 그러므로 결별 후에는 뭘 해야 하는지 논의하는 것도 우리가 할 일이다.

우리는 정신과의사도 아니고 심령술사도 아니니, 촛불을 켜놓고 거품목욕을 하라고 하거나 자기 자신에게 보낼 꽃바구니를 주문하라는 말 같은 건 할 생각이 없다. 하지만 이것만은 말하고 싶다. 여러분에게 반하지 않은 남자와의 관계에서 벗어난 게 얼마나 상쾌한지 느껴보라고. 적어도 안도감은 생길 테니까. 남자의 행동을 두둔하고 그를 '이해하려' 노력하기 위해서는 에너지가 많이 필요하다. 그 남자에게 집착하지 않고, 긍정적인 일을 향해 마음을 열어보자. 맞다, 이별은 아픈 거다. 단지 몇 번 만난 남자와 헤어지더라도 마찬가지다. 여러분은 상대방에게 열광하고, 그와의 미래에 잔뜩 희망을 품었을지도 모른다. 하지만 맑은 정신으로 "그는 나한테 반하지 않았어"라고 말하면 얼마나 힘이 나는가! 장차 그런 여성이 되는 걸 상상할 수 있는지? 여러분이 그렇게 되는 걸 말리는 사람은 아무도 없다.

헤어진 다음에 할 수 있는 일은 무진장 많다. 그 시기에 무엇을 할지는 여러분에게 달려 있다. 요가를 하든 자기계발서를 읽든 스스로 결정하면 된다. 하지만 기본적으로 여러분은 아픔을 느낄 테고, 그것을 견디어낸 다음에는 결국 극복하게 될 것이다. 우리가 이 책에서 할 수 있는 것은, 여러분이 앞으로는 다르게 행동하도록 돕는 일이다. 우선, 몇 가지 기준을 정할 것을 추천하는 바이다.

기준 세우기

"난 나름대로 기준이 있어요"라고 말하는 사람도 있을 것이다. 그런 기준 덕분에 이 책을 읽게 됐을 테니까. 그렇다면 이제 그 기준을 실천해 보자. 먼저 자신을 버티게 해줄 위엄 있는 빗장을 설치하자. 다음으로, 어떤 연애를 하든 그 책임은 본인이 지자. 내가 이렇게 말하면, 여러분은 "다음번이 없으면 어떡해요?" 하고 묻겠지. 그러면 우리는 "나쁜 예감은 침몰할 배에 실어서 보내세요. 그 배는 '슬픔의 섬'에 부딪힐 텐데, 당신이 거기 타고 있으면 안 되잖아요"라고 말할 거다.

기준은 당신이 참거나 참지 않을 것의 수준을 정해준다. 어떤 연애를 할지는 본인이 결정해야 한다. 장래에 어떤 사람이 되고 싶은지, 어떤 기준을 갖고 행동할 것인지는 지금 계획할 수 있다. 새 기준을 적어두면 잊지 않을 것이다. 만날 남자가 아무리 귀여워도, 연애한지 아무리 오래됐어도 당신이 무엇을 지킬지, 무엇을 믿는지 분명히 하기를 바란다. (사실 앞에 제시했던 연습문제 중 다소 우스운 것이 있기는 하지만, 이번에는 진지하게 권하는 거다.)

이 점에 있어서는 우리가 여러분보다 나을 테니(그러니까 책도 쓰고 있겠지), 기준으로 삼을 만한 항목 몇 가지를 제안하겠다. 다음장에 제시한 예시 기준을 참고하여 앞으로 여러분이 지켜나갈 자신만의 기준을 작성해 보자. 그리고 그 기준들을 잊지 말자.

당신의 기준이 될 수 있는 것들

- ✔ 먼저 데이트 신청을 하지 않은 남자와는 사귀지 않겠다.
- ✔ 전화를 기다리게 하는 남자와는 사귀지 않겠다.
- ✔ 사귀고 싶다는 것을 분명히 밝히지 않는 남자와는 사귀지 않겠다.
- ✔ 내가 성적 매력이 없다고 느끼게 하는 남자와는 사귀지 않겠다.
- ✔ 내가 싫어할 정도로 술을 마시거나 약물에 손대는 남자와는 사귀지 않겠다.
- ✔ 우리의 미래에 대해 얘기하길 두려워하는 남자와는 사귀지 않겠다.
- ✔ 어떤 상황에서도, 나를 퇴짜 놓은 남자에게 내 소중한 시간을 할애하지 않겠다.
- ✔ 결혼한 남자와는 사귀지 않겠다.
- ✔ 착하고 친절하고 사랑스런 사람이 아닌 남자와는 사귀지 않겠다.

절대 잊지 않아야 할 당신만의 기준

✔

✔

✔

✔

✔

✔

✔

✔

✔

✔

당신의 판단을 도와주는 용어들

기준을 세웠으면, 그 기준에 맞춰 판단하기 바란다. 흔히들 '아닌 사람'을 만나면 딱 부러지게 표현하라고 조언하지만, '아닌 사람'을 구분하는 방법은 말해 주지 않는다. 그런 이유 때문에, 남자들이 "난 당신한테 반하지 않았어"라는 뜻으로 자주 쓰는 문장을 정리해 두었다.

별말 아닌 것 같아도 악의적으로 쓰일 수 있는 문장

	원래 가진 뜻	때때로 쓰이는 뜻
우린 친구잖아	네 마음을 다치게 하는 일을 일부러 하지는 않을 거야	난 당신에게 반하지 않았어
나 많이 바빠	대통령으로 이제 막 취임했는걸	난 당신에게 반하지 않았어
난 나쁜 남자야	당신이 가까이해서는 안 되는 남자야	당신이 가까이해서는 안 되는 남자야
난 아직 준비가 안 됐어	바지가 보이지 않아 못 찾겠네	난 당신에게 반하지 않았어
전화해	핸드폰을 바다에 떨어뜨려서, 네 전화번호를 알 수가 없었어	난 당신에게 반하지 않았어
네 가족이 맘에 안 들어	너의 엄마와 데이트할 생각은 없어	난 당신에게 반하지 않았어
친해지는 게 어려워	친하게 지내는 것에 대한 두려움이 있어	난 당신에게 반하지 않았어

Special Part 3

더 궁금한 게 있다면?

어떤 사람의 경우에는 이 책에 실린 이야기들이 기존의 남녀심리 관련 도서와는 색다른 내용을 담고 있기 때문에 받아들이기 힘들지도 모른다. 그에 대해서는 그렉의 설명을 더 들어보는 것이 이해에 도움이 될 것이다. 우리 여자들이 잘못 이해하는 일이 없어야 하니까. 난 그렉에게 몇 가지를, 사실 책 한 권 분량을 설명하게 만들었다. 이 책에서 언급한 아이디어 중 몇 가지는 저자인 나 리즈도 새롭다고 느꼈고, 솔직히 말하면 받아들이기도 어려운 것도 있다.

♀ 그렉, 정말로 내가 먼저 데이트하자고 하면 안 되는 건가요? 남자들이 나에게 위압적이라고 말하곤 하거든요. 그러니 내가 먼

저 나서서 남자들을 좀 도와줘도 되지 않을까요?

♂ 우리가 인생에서 원하는 것 가운데 으뜸으로 치는 게 위압적인 겁니다. 그것 때문에 인생이 아주 짜릿해지고요. 당신이 무서워서 차 마시자는 말도 못 하는 남자를 상대해 줄 시간이 정말 있는 거예요?

♀ 세상에 멋진 남자가 많다는 말, 당신은 진짜 믿고 있는 거예요? 그저 그런 남자는 정말 버려도 되겠어요?

♂ 나쁜 관계보다는 좋은 관계를 맺는 게 훨씬 낫다는 말밖에 달리 뭐라 대답해야 할지 모르겠군요. '미스터 개떡'이랑 붙어 있는 한, 당신은 좋은 남자를 찾을 수가 없을 겁니다. 그 남자와의 관계가 당신에게 좋은지는 오직 당신만 판단할 수 있어요. 혼자될 게 두려워서 '미스터 개떡'이랑 관계를 계속 맺는다면, 그건 안 좋은 관계라는 신호지요.

♀ 나한테 반하지 않은 남자와 사귀는 게 혼자인 것보다 낫다면 어쩔 건데요?

♂ 흠, 무슨 말인지 알겠어요. 당신은 탐탁지 않은 기분으로 혼자 있을 수 있어요. 아니면 명절을 같이 보낼 사람과 마지못해 함께할 수도 있고요. 그래요. 그것도 괜찮은 것 같네요. 다만 둘 다 썩 마음에 드는 건 아니라는 게 문제지요. 당신한테 반하지 않은 남자와 사귀고 있다면, 당신한테 반한 남자를 찾을 가망이 없어요. 난 당신에게 이렇게 말할래요. 크리스마스를 함께 보낼

사람이 없는 위험을, 한동안 쓸쓸하게 보내는 위험을 감수하라고요. 그러면 마침내는 훨씬 좋은 결과를 맺게 될 테니까요.

♀ 그렉, 정말로 나에게 꼭 맞는 사랑을 줄 수 있는 남자가 많다고 생각하나요?

♂ 네, 맞아요. 난 그렇게 생각해요. 아니라면 이 책을 쓰지도 않았을 겁니다.

♀ 그렉, 당신은 옛 애인이 다시 돌아오겠다고 애원하지 않는다면, 그와 이야기도 하지 말라고 했어요. 그러면서 헤어진 후에 다시 돌아오고 싶어하는 남자를 의심해야 한다는 말도 했고요. 어떻게 된 거죠?

♂ 첫째로, 당신이 아쉬워서 어떻게라도 손 써보려는 옛 남자와, 실수한 것을 깨닫고 진심으로 당신과 다시 사귀려는 남자를 구분하길 바랍니다. 하지만 그렇다고 해도, 조심스럽게 판단해야 하고, 그 남자가 그렇게 하게 된 이유가 뭔지 물어봐야 한다고 생각합니다. 둘째로는, 몇 번씩이나 헤어졌다 다시 만난 남자와는 거리를 두면 좋겠어요.

♀ 사귀는 사이에 나쁜 남자였던 사람이 좋은 남자로 변할 수 있다고 생각하나요?

♂ 좋지 않은 상황에 있는 여자분이라면 오해할지도 모르는 이야기라서 대답하기 껄끄럽군요. 불가능한 일은 없지요. 하지만 내

경험을 비추어보면, 대부분의 남자는 변하지 않아요. 변한다 해도, 그런 건 새 여자를 만났기 때문이더라고요.

♀ 나는 이상하게도 나한테 반하지 않는 남자한테만 매력을 느끼는데, 어쩌면 좋을까요?

♂ 그래요, 당신에게는 기벽이 있는 거예요. 그 때문에 당신에게 마음을 주지 못하는 걸로 끝날 남자들을 킁킁대고 다니게 되는 거라고요. 왜 그런 남자들한테 끌리는지, 당신이 가장 중요하게 생각하는 건 뭔지 같이 얘기해 볼 수 있겠지요. 하지만 우리가 얼른 고쳐줄 수 있는 부분은, 남자가 당신한테 반하지 않았다는 걸 알게 해주어서 얼른 그런 관계에서 빠져나오게 하는 거예요. 좋은 남자든 나쁜 남자든 당신 주위에 날아들 거예요. 어떤 사람을 골라 시간을 투자하느냐는 당신에게 달려 있어요. 칼자루는 당신이 쥐고 있는 거라고요. 지금 이 순간도요.

♀ 자꾸 그러지 말아요, 그렉. 인정해요. 때로는 나를 정말 좋아하는데 진지한 관계를 맺을 수 없는 남자도 있더라고요. 그가 나한테 반하지 않은 것과는 상관없다니까요.

♂ 그런 남자들이 있을지도 모르지요. 물론 아닐 수도 있고요. 당신이 기억해야 할 것은 딱 한 가지입니다. '미스터 감당 못해' 가 '미스터 난 당신한테 반하지 않았어' 와 동일인물이라는 거요. 둘 다 당신과 함께 있고 싶어하지 않아요. 한 사람은 "난 당신 곁에 있을 수가 없어"라고 말할지 몰라도, 결과는 마찬가지지

요. 그는 당신 곁에 있지 않을 테니까요. 그의 개인적인 갈등 때문에 당신이 얼쩡대며 기다릴 필요는 없어요. 그는 당신에게 진짜로 반했을 리 없으니까. 당신은 그보다 더 좋은 대접을 받을 자격이 있는 사람이랍니다.

♀ 당신은 속옷만 입은 여자를 보는 것에 어느 정도 환상을 갖고 있는 것 같아요. 어떻게 된 거예요?

♂ 속옷만 입은 여자보다 섹시해 보이는 게 있을까요? 날 욕해도 어쩔 수 없어요!

좋은 시절을 허비하지 마세요!

어느 밤, 텍사스의 오스틴 시에서 한 여자와 이야기를 하고 있었다. 나에게는 아주 흔한 '그는 당신에게 반하지 않았다' 문제를 안고 있는 아가씨였다. 회사에서 남자를 만났고, 둘은 첫 데이트에서 섹스를 했으며, 그런 다음에 남자가 '증발해' 버렸다고 했다. 말이 그렇다는 거다. 남자가 어디로 떠난 게 아니고. 두 사람은 이후에도 여전히 만났지만, 그녀가 만났던 '그 남자'는 사라진지 오래였다. 그 대신 눈도 마주치지 않으려 하고, 툴툴대기만 하고, 만날 피곤해 하는 남자가 남아 있었다. 술에 취하지 않았으면 같이 자고 싶어하지도 않고, 계획을 세워 데이트하는 일도 없었다.

참, 그런데도 남자는 여자에게 "지금까지 만난 여자 중 네가 최고야", "이런 감정은 처음 느껴봐"라고 말하면서, (여러분도 짐작하겠지만) 두렵다고 했다. 난 그를 만나보고 싶었다. 유리 진열장에 넣어서 "우리가 경고한 남자가 바로 이 사람입니다. 접근금지!"라는 설명서를 붙여서 세계 순회 전시를 하고 싶었으니까. 그녀의 말을 듣던 나는 '그는 당신에게 반하지 않았다'란 개념에 대해 열변을 토했다. 그때 난, '이 여자는 〈섹스앤더시티〉에 나오는 여자들처럼 차인 후에야 비로소 행복한 현실로 가게 될 거야'라고 생각했다. 하지만 내가 알고 있는 것을 알려주는 동안, 긴장감이 감도는 것을 느낄 수 있었다.

"내가 다른 남자를 찾게 되리란 걸 어떻게 아세요?"

그녀가 내게 물었다.

"난 모르죠. 다만 당신에게는 손해인 것 같은 관계를 지속하는 이유를 모르겠군요. 당신은 정말로 멋지고 귀여운 여성인데……."

그녀는 내 말을 끊고 소리쳤다. "당신은 저를 잘 모르잖아요! 내가 더 잘할 수 있는지 어떻게 알죠? 방금 만났을 뿐인데요. 제 일인데 왜 신경 쓰는 거예요?"

이런! 그 아가씨는 내게 신경 쓸 권리가 없다고 했다. 난 잠시 멍했지만 내가 왜 이러는지 기억해 냈다. "당신을 모르지만, 당신이 자신에 대해 형편없이 평가한다는 건 알아요." 내가 왜 신경 쓰느냐고? 아니, 내가 뭐길래 다른 사람한테 충고를 하느냐고? 나도 예전에는 그 남자와 똑같은 변명을 해대던 총각이었으니까. 아내 아미라를 만나자, 나는 전혀 다른 사람이 되었다. 그녀 앞에 나타나고 쫓아다니고 그러는 게 좋은 남자로 변했던 거다. 사랑하는 여자에게는 늘 행동으로 내 사랑을 알려줘야 한다고 난 믿는다. 왜 남의 일에 신경 쓰냐고? 시시한 연애에 대한 비평은 듣고 싶어하지 않는 내 사랑하는 여동생과 여자친구들이 있으니까. '참 좋은' 여동생과 '대단한' 여자친구들은 자신이 좋은 대접을 받을 자격이 있다는 것을 아직도 믿지 못한다. 자격 없는 애인이 짓누르는 무게에서 벗어나야만 더 좋은 사람을 찾을 수 있다는 사실을 못 믿는 거다. 그녀들은 깊은 사랑은 사람의 정신을 고양시키고 즐겁게 해주며 영감을 갖게 한다는 사실을 아직 모른다. 그렇지 않은 관계라면 절대 눌러앉지 말아야 한다는 것도 모른다. 형편없는 관계는 당신을 형편없게 느끼게 한다. 그런 기분이나 느끼려고 세상에 태어난 게 아닌데…….

여성들의 편지에 통찰력 뛰어난, 그리고 지혜가 담긴 답장을 쓰는 일은 참 즐겁다. '그는 당신에게 반하지 않았다'라는 핵심개념은 마법 같은 변화를 일으킬 수 있다. 여러분이 좋지 않은 관계에서 벗어나는 데 도움이 되길 바란다. 본인만이 자신을 자유롭게 할 수 있다는 것을 우리 모두는 안다. 나는 여러분을 변화시키는 방법을 아는 체하지 않겠다. 다만 여러분이 문제를 인식하도록 돕는 방법은 안다. 여러분이 멋진 연애를 하고 멋진 삶을 영위할 가치가 있다는 걸 안다. 여러분이 아름답다는 걸 알고, 여러분 역시 내면 깊은 곳에서는 그걸 알고 있다. 아니라면 이 글을 읽고 있지 않을 테니까. 나는 인생이 휙휙 지나가는 대단한 선물이라고 믿는다. 그러니 좋은 시절을 허비하지 말기를. 여러분이 이 글을 읽는다면, 더 나은 것을 원할 것이다. 이 글을 읽는 여러분에게 더 좋은 일이 생기기를 기원한다.

—당신들의 지지자, 그렉

나오는 말— ♀ Liz

나에게 인생 전부를 거는 남자를 사랑하자

그렉 때문에 정말로 짜증날 때도 있다. 나도 안다. 우린 같이 일한다. 이 책을 쓰는 동안에도, 그는 내가 데이트하고 싶다고 꿈꿔온 남자들에게 찬물을 끼얹었다. 그렉의 눈에 차는 남자는 없는 것 같다. 남자들의 행동을 평가하는 잣대가 그렇게 높은데 누가 그의 맘에 들까? 그렉이 대체 뭔데? 그렉은 자기 같으면 주말에 전화할 거라고 말한다. 하지만 남자가 월요일에 전화하는 게 뭐가 잘못된 일이라는 건지? 뭐가 잘못됐단 말이죠, 그렉? 쳇. 기분이 별로네. 그렉, 그렇게 기준이 높으면 난 8년에 한 번 정도 데이트할 수 있을 거예요.

또, 그렉은 분명하다. 하지만 난 연애에 관한 한 회색분자라서 항상 흑과 백을 오간다.때로 상처 받고 힘들긴 하지만, 내게는 그것이

옳은 선택이었다. 만일 결혼해서 15년간 아이 셋을 낳고 살았는데 배우자가 거짓말을 한다면, 이론적으로 어떻게 해야 좋을지 모르겠다. 하지만 그렉은 분명하다. 또 난 비관론자라서, 그렉의 대책 없는 낙관주의를 못 견디겠다. 그가 자신의 말을 믿고 마음을 열기만 한다면, 사랑할 수 있는 좋은 사람을 누구든 만날 거라고 말하는 걸 들으면 신경질이 난다. 독신이고 사랑할 준비가 된 사람 중 일부는 암에 걸려 죽을 거고, 또 일부는 교통사고로 죽을 거란 생각이 든다. 혹은 좋은 남자를 못 찾고 그냥 살아갈 테지. (그래서 내가 답을 하지 않았다!)

난 내가 무지무지 외로워한다는 걸 안다. 그렉은 5년째 결혼생활 중이라 독신의 고독을 모른다. 느긋하게 앉아서, 알맞은 짝을 찾을 때까지 계속 혼자 지내라고 말하는 거야 쉽겠지. 자기는 평생 발렌타인데이 때마다 만날 짝이 있으니까.

하지만 그의 말이 옳을 때가 많다는 생각이 든다. 사실 가장 짜증나는 게 바로 이 대목이다. 그렉은 우리의 인생에(아니면 우리의 머릿속에) 있어야 할 '오빠'다. 그는 남자들이 우리에게 잘해야 한다고 요구한다. 우리가 기대하는 정도 이상의 대접을 받아야 된다고. 우리는 기대하지 말라고, 요구하지 말라고, 졸라대는 것처럼 보이면 안 된다고 교육받았는데……. 하지만 세상 여자 모두가 남자들에게 약속을 지키고, 여자를 존중하고, 풍부한 애정과 사랑을 쏟으라고 요구한다면•어떻게 될까? 그러면 잘 처신하려는 남자들이 많아질 거라는 생각이 든다.

그렉의 전망에 대해 난 할 말이 많다. 내 비관주의가 바로 현실임을, 통계자료와 도표를 제시하며 증명할 수도 있다. 하지만 그런다고 내가 행복해질까? 지금 내 자리는 여기다. 마흔한 살의 독신녀. 어떤 시각과 태도가 나를 더 행복한 사람으로 만들까? 난 이미 똑똑하니까, 이제는 행복감이 필요하다고 믿는다.

이 책을 읽는 분이라면, 인색하게 구는 남자에게 많은 시간을 쏟아왔을 가능성이 많다. 그런 사람은 머릿속으로 그렉의 목소리를 떠올리면 좋겠지. "당신은 똑똑하고 귀하고 소중하고 멋있고, 원하는 걸 모두 누릴 사람"이라고 속삭이는 소리를 어느 여자가 마다할까? 세상은 우리에게 그와는 다른 얘기를 한다. 그렉이 우리에게 소망의 소리를 질러대는 것은, 세상의 다른 말을 없애기 위해서인 것 같다.

이 책이 여러분에게 도움이 되면 좋겠다. 또 여러분이 환상적이고 건강해서 인생 전부를 바꾸는 사랑을 찾기 바란다. 상상한 그대로의 사랑에 빠지기를!

가끔은 놀라운 일이 있어도 좋겠을 테고.

—'고민녀' 대표, 리즈

그는 당신에게 반하지 않았다

초판 1쇄 2004년 11월 25일
초판 37쇄 2018년 2월 25일

지은이 | 그렉 버렌트 & 리즈 투칠로
옮긴이 | 공경희
펴낸이 | 송영석

펴낸곳 | (株) 해냄출판사
등록번호 | 제10-229호
등록일자 | 1988년 5월 11일

04042 서울시 마포구 잔다리로30 해냄빌딩 5 · 6층
대표전화 | 326-1600 **팩스** | 326-1624
홈페이지 | www.hainaim.com

ISBN 978-89-7337-637-7

값 11,000원